LA STRADA

길, 라 스트라다

老의사가 걷고 바라본 유럽의 길

LA STRADA

이철 지음

길, 라 스트라다

예미

시작하며

길에는 보이는 길, 걸어가는 길도 있고 보이지 않는 '인생의 길' 같은 형이상학적인 길도 있습니다. 오래전부터 '젤소미나'라는 이름이 내 뇌리에 박혀 있습니다. 1950년대에 만들어진 이탈리아 영화 〈길 La Strada 〉의 여주인공 이름입니다. 안소니 퀸이 주연으로 자신의 몸을 쇠사슬로 묶은 후 사슬을 풀고 나오는 공연을 하는 시장터 약장수 같은 '잠파노' 역을 합니다. 천사같이 마음씨가 곱지만 어딘지 좀 모자라는 순박한 소녀 젤소미나는 잠파노에게 팔려 와서 공연이 끝나면 모자를 돌리며 돈을 걷는 일을 하죠. 영화의 삽입곡으로 잠파노와 젤소미나의 트럼펫 연주가 영화의 애잔함을 더합니다.

저는 프랭크 시나트라의 〈마이 웨이 My Way〉를 매우 좋아합니다. 쓰리 테너 The Three Tenors 가 프랭크 시나트라의 〈마이 웨이〉를 부른 공연 현장에 프랭크 시나트라 본인이 참석하여 감격에 겨워 눈시울을 붉히는 장면이 눈에 선합니다. 〈마이 웨이〉 가사는 인생의 종착역에 다다른 사람이 자기 인생길을 회고하며 자신의 달려온 길이 후회 없는 길이었다고 회상하는 내용입니다.

우리나라 대표 시인 중에 한 분인 박목월의 시 〈나그네〉에는 이런 구절이 있습니다. "강나루 건너서 밀밭 길을 구름에 달 가듯이 가는 나그네." 세상 어디를 여행을 하여도 나그네의 여정은 구름에 달 가듯이 갑니다. 돌아가신 최희준의 〈하숙생〉이라는 가요가 있습니다. "인생은 나그네 길, 어디서 왔다가 어디로 가는가"로 시작되는 불멸의 히트곡입니다. 인생은 잠시 머무르는 임시 거처이고 영원한 거처로 가는 하숙생 생활이라는 철학적이며, 종교적인 가사입니다.

보이는 길, 걸어가는 길을 떠나면 나그네가 됩니다. 여정이 짧든 길든 간에 나그네에서 돌아오면 '그래도 내 집이 최고야' 하는 말이 튀어나옵니다. 여인이 해산의 고통을 잊고 다시 아기를 가지듯이, 다시 길을 떠날라치면 마음이 두근두근하며 희망과 기대가 밀려옵니다.

필자처럼 미숙아 입원환자를 치료하는 의사 입장에서 휴가든 학회 참석을 하든 비행기에 오르면 마음속 깊이 깔려 있던 스트레스의 강도가 갑자기 떨어집니다. 응급전화 콜을 받을 수 없으니 마음속 깊이 숨겨져 있던 근심과 걱정에서 해방이 됩니다. 갑자기

긴장에서 풀려나는 느낌입니다. 정년을 마치고 입원환자 진료에서 해방되는 순간의 평안함을 여러분들은 잘 모르실 겁니다. 스트레스를 훌훌 날리는 여행이 주는 그 가벼움을!

이탈리아 로마는 다국적 기업 KPMG의 글로벌 메디컬 파트의 국제학회 초청연자로 방문하게 되었습니다. 주 이탈리아 한국대사관에 부탁하여 여행 안내자를 소개받았습니다. 당시 이탈리아에서 성악 공부를 하던 김은수 선생이었습니다. 요사이는 귀국하여 이름 있는 요리사 유튜버가 되어 '노래하는 셰프'로 유명합니다. 학회 중에 로마와 로마 근교를 안내받았습니다. 단체관광으로 갈 수 없는 소도시와 레스토랑에서 눈과 입을 호강하였습니다.

스페인은 정년퇴직 후 여행사 단체관광을 쫓아갔습니다. 스페인만을 돌아다니는 여행이었지만 유럽 문명의 카탈루냐 지방과 이슬람 문명의 안달루시아 여러 지방을 돌다 보니 많은 헷갈림이 있었습니다. 그리고 너무 많은 곳을 방문하여 어디가 어딘지 기억이 잘 나지도 않았습니다. 스페인은 카탈루냐 지방과 안달루시아 지방을 나누어 여행하였으면 하는 바람이 있습니다.

시칠리아와 몰타, 프랑스 남동부에 있는 프로방스, 그리고 산토리니와 함께한 그리스 여행은 일생 다녀 본 여행의 진주이며 백미였습니다. 의사 동료 몇 커플을 결출한 여행 안내자 박인희 팀장과 건축가 이형호 부부가 안내를 하였습니다. 안내자가 아닌 친구 사이가 되어 평생 추억에 남을 귀한 경험을 주신 분들입니다.

그동안 적지 않은 여행을 하여 보았지만 이분들의 안내는 프로페셔널을 뛰어넘어 여행 철학을 가지고 단체관광에서는 갈 수 없는 곳들을 돌아다니며 여행의 진수를 맛보게 하였습니다. 이동은 렌터카를 이용하였습니다. 숙소도 고색창연한 와이너리에서도 자볼 수 있었고, 골프 리조트 숙소도 이용하여 보았습니다. 워낙 평생을 여행을 하였던 분들이라 식당도 미슐랭 별 식당도 안내하였지만, 여행 중 한 끼는 전부 모여 숙소에서 한식 파티를 열었습니다. 〈대부〉의 촬영지 시칠리아 사보카에서 먹었던 컵라면은 지금까지 먹었던 라면 중에 최고였습니다.

그간 촬영한 수천 장의 여행사진 중에서 그럴듯한 사진을 고르고 나니 그다음은 이 사진들을 어떻게 편집하나 하는 고민이 생기더군요. 사진 분류를 봄, 여름, 가을, 겨울 사계절로 할까? 동물, 식물 사진으로 할까? 유명 관광지 중심으로 할까 등등. 여행자는 길을 떠나는 객들입니다. 다시 집으로 돌아올 사람들입니다. 주제는 '길 떠나는 평범한 나그네' 눈에 들어온 여행사진들이 되었습니다. 저는 사진작가도 아니고, 전문적으로 글을 쓰는 사람도 못됩니다. 그저 내가 좋다고 찍은 사진들뿐이지요.

여행을 하다 보면 어떤 곳에서 '나를 찍어 주세요, 내 이야기를 들어봐 주세요' 하는 느낌이 들 때가 있습니다. 이런 느낌은 제가 그곳의 역사나 설화 같은 것을 모르는 상태에서도 마찬가지입니다. 어디까지나 주관적이지요. 여행지에서는 이런 느낌을 자주 받습니다. 어느 곳이나 360도는 물론 위아래로 보이는 장면 중에서 꼭 저장하고 싶은 장면이 있습니다. 그런 느낌의 장면을 촬영하였습니다. 여러분들도 자기가 찍고 싶은 장면들을 마주하면 서슴없이 셔터를 누르라고 권하고 싶습니다. 여기 있는 사진과 글들이 조금이라도 추억에 남길 사진들을 찍으며, 여행의 즐거움도 함께하는 나그넷길에 도움이 되었으면 하는 바람입니다.

이철 원장님을 알게 된 것은 20여 년 전으로 거슬러 올라갑니다. 2000년도에 세브란스 병원 브로슈어를 의뢰받으면서였습니다. 그때만 하더라도 많은 병원 브로슈어는 필요한 부분을 모델을 연출해서 촬영하는 것이 일반적이었는데, 이철 원장님은 다큐적인 접근을 원하셨습니다. 즉, 바쁘게 돌아가는 병원의 모습을 있는 그대로 살아 있는 모습으로 담아 주기를 원하셨지요. 20년 넘게 다큐멘터리로 사진을 찍어 온 나에게는 반가운 요구가 아닐 수 없었습니다. 나는 원장님께 병원을 스토리텔링으로 접근하고 싶다고 했더니, 흔쾌히 허락해 주시며 모든 과정에 뒷받침해 주셨습니다. 그래서 한 달 동안 병원 여기저기 구석구석에서 벌어지는 일상을 촬영할 수 있었습니다. 숨 가쁘게 이루어지는 의사선생님들의 하루, 간호사들의 헌신적인 모습을 찍었습니다. 그런데 한편으론 이렇게 찍은 사진을 병원 브로슈어에서 소화해 낼 수 있을지 고민이 되었습니다. 하지만 이철 원장님은 내가 찍은 사진을 이해하고 전적으로 도와주셔서 어려움 없이 편집이 되었습니다. 아마도 이철 원장님의 그런 사진에 대한 애정과 이해가 없었다면 불가능한 도전이었다고 생각합니다.

　그때의 인연으로 내 전시 때마다 와 주시고 최근 몇 년 동안은 원장님이 찍은 사진에 대한 자문을 드리기도 하며 인연을 이어 왔습니다. 그중 일부는 이철 원장님이 지인들에게 나누어 주었던 달력 사진들도 있고, 몇 장은 광고에도 실렸습니다. 그때 원장님이 너무 겸손한 마음으로 "아마추어 사진 몇 장 있는데 좀 봐 주세요"라고 부탁하셨습니다. 근데 대부분 사진들이 여행 사진이었는데, 물론 《내셔널 지오그래픽》에 나올 만한 사진들은 아니었지만, 많은 사진들을 보면서 이철 원장님의 일기를 보는 듯했습니다. 그것은 그가 찍은 사진에서 본인이 느끼고 생각한 것들이 드러나기 시작했다는 것을 의미했습니다.

　사진 작업이란 잡지사진 같은 겉으로 화려하고 완벽해 보이는 사진들보다 그 몇 장의 사진들이 무엇을 이야기하고 있는가가 중요한 것이라고 생각합니다. 이철 원장님의 사진을 보고 있노라면, 때로는 그의 고민도 보이지만 본인만의 호기심이 가득 차 있습니다. 그리고 그 사진들은 우리에게 편안한 마음을 전해 주기도 합니다. 마치 나그네가 길을 걷듯이, 이 책에 실린 그의 사진을 편안한 마음으로 대할 수 있어서 좋습니다.

박기호 (사진가)

차례

낮선 길 위에서
_로마

Roma

영화 〈로마의 휴일〉은 윌리엄 와일러의 흑백영화 작품입니다. 자유를 꿈꾼 앤 공주는 며칠간의 일탈을 합니다. 이탈리아 순방차 들른 로마에서 머리를 짧게 자르고 신분을 감춘 채 앤 공주는 동경하였던 또래의 평범한 일상을 미국 신문기자 조 브래들리와 함께 즐깁니다. 저는 국제학회 발표를 위하여 로마를 방문하였습니다. 임무가 있었기 때문에 저에게는 '로마의 휴일'이 아니라 '로마의 임무'가 된 것이지요. 임무를 마친 후 앤 공주처럼 일탈의 여정으로 로마 근교를 돌아보았습니다.

바티칸 박물관 입구입니다. 전시를 알리는 광고판이 마당 한가운데 서 있습니다. 이런 입광고판은 처음 봅니다. 삼각 다리와 광고판의 멋진 조화가 관람객의 눈을 끕니다. 광고 효과가 최고입니다. 뒤에 보이는 고색창연한 박물관 건물과 그 앞에 심은 로마의 가로수가 참으로 잘 어울립니다. 디자이너가 누구인지 모르지만 멋쟁이일 것입니다.

　　바티칸 안뜰에 이런 커다란 지구의가 자리 잡고 있습니다. 아르날도 포모도로Arnaldo Pomodoro의 '지구 안의 지구 Sphere within Sphere' 작품입니다. 지구가 깨져 내부의 또 다른 지구를 보여 줍니다. 요사이 코로나 팬데믹, 우크라이나 전쟁, 하마스와 이스라엘의 전쟁 등 혼란스러운 지구의 연약함과 복잡함을 상징하는 것 같습니다. UN 본부 등에도 있는 시리즈 작품입니다. 바티칸 안뜰에 놓인 것은 지구의 평안을 기원하는 뜻인 것 같습니다.

　사도 바울이 로마로 압송되어 가면서 걸었던 길인 아피아 가도
Via Appia Antica입니다. 사도 바울은 로마에 복음을 전하기 위하여
자진해서 죄수의 몸으로 이스라엘에서부터 로마로 압송됩니다.
중간에 풍랑을 만나서 죽을 고비도 여러 번 넘깁니다. 고난 끝에
아피아 가도를 걸었던 위대한 전도자를 회상합니다. 이 길을 걸었
던 바울은 어떤 심정이었을까요.

　유대인이 아닌 이방인의 전도자로 부름을 받은 바울은 소아시
아 전도 여행 중에 그리스 마케도니아로 건너가서 유럽에 복음을

전하고, 마침내 로마까지 복음을 전해 기독교가 전 세계로 전파될 수 있는 계기를 마련합니다. 그 시작이 아피아 가도입니다. 길이지만 보통 길이 아닌 것이죠. 로마의 길 하면 떠오르는 말이 있습니다. '모든' 길은 로마로 통한다. 2천 년 전 로마를 강국으로 만들어 준 최초의 고속도로입니다. 아피아 가도를 걷는 여러 관광객들도 이 길을 순례의 길로 걸었으면 좋겠습니다.

아피아 가도는 본질적으로 고대 로마의 고속도로로 당시에는 전차가 더 많고 휴게소가 적었습니다. 아피아 가도를 걷다가 카페를 만납니다. 샐러드. 파니니, 라자냐 등 익숙한 메뉴들이 적혀 있습니다. 이곳에 앉아 식사를 하면서 여러 가지 생각이 떠오릅니다. 사도 바울이 카페 옆을 지나가는 상상도 해봅니다. 인사도 하고 축복도 받고 세례도 받았으면 좋겠습니다. 타임머신을 타고 2천 년 전으로 돌아갑니다.

　로마는 이미 2천 년 전에 상하수도가 완성되어 도시 곳곳에 분수가 설치되어 있습니다. 스페인 광장에 있는 바르카차 분수 Fontana della Barcaccia는 '낡은 배'란 뜻으로 실제 모습을 본뜬 배가 분수 가운데 있습니다. 물이 너무 맑아서 배 사진 대신 그 물의 근원인 물줄기가 나오는 조각을 한 컷 담았습니다. 물이 너무 깨끗하고 맑아 식수로도 사용 가능하다 합니다.

트레비 분수 Fontana di Trevi 는 건물 한쪽 면을 화려하고 역동적인 조각으로 장식한 바로크 양식 건물입니다. 스페인 광장과 함께 영화 〈로마의 휴일〉에서 오드리 헵번이 다녀간 곳으로 유명합니다. 분수인지 건물인지 헷갈립니다. 1732년부터 니콜라 살비 Nicola Salvi 가 30년에 걸쳐 만들었습니다. 그리스 신화가 조각의 주제로, 가운데 조각이 바다의 신 포세이돈입니다.

트레비란 이름은 세 갈래 길이 합쳐지는 곳이라 해서 붙여진 이름입니다. 트레비 분수를 뒤로한 채 동전을 오른손으로 들고 왼쪽 등 뒤 방향으로 던지면 다시 로마로 돌아올 수 있다는 전설에 분수 앞은 인산인해입니다. 덕분에 소매치기도 기승을 부리는 곳입니다. 소지품 잘 간수하면서 군중을 헤집고 앞으로 앞으로 전진하여 동전을 투척하고 나옵니다.

판테온 Pantheon 은 다신교 국가인 로마제국에서 특정 신이 아닌 모든 신들에게 바치는 신전으로 건축되었습니다. 현존하는 건물은 기원전 27년 로마제국의 초대 황제 아우구스투스 Augustus 황제 때 지어진 것을 서기 125년에 하드리아누스 Hadrianus 황제가 재건한 것입니다. 그 어느 로마 건물보다 보존이 잘되어 있으며 직경 43m 거대한 돔이 입장객 입에서 탄성을 자아냅니다.

여행을 하다 보면 1~2만 보를 걷는 것은 보통입니다. 다리가 너무 아픕니다. 아무리 젊은 나이라도 다리가 아프면 계단이라도 좀 앉아야 합니다. 판테온 앞 거대한 원주 기둥 계단에 세계 여러 나라에서 온 젊은이들이 아픈 다리를 쉬고 있습니다. 바로 판테온 옆에 젤라또 가게가 있습니다. 앉아 있는 젊은이들이 젤라또 한

모금으로 떨어진 혈당도 보충하고 다음 행선지로 가면 얼마나 좋을까, 하고 직업의식을 발동해 봅니다.

로마의 3대 커피집 중에 하나인 산 에우스타키오 일 카페 Sant' Eustachio il caffè입니다. 내부 매장이 우리나라 카페하고 많이 다릅니다. 커피를 마시는 테이블은 가게 밖에 위치합니다. 너무 사람이 많아 자리 잡기가 쉽지 않습니다. 노란 커피잔도 팔고 커피술도 팝니다. 에스프레소 머신을 최초로 만든 사람이 이탈리아 사람입니다. 그만큼 이탈리아는 커피 문화의 원조가 되는 나라입니다. 우리나라 부산 기장 힐튼호텔에도 지점이 생겼습니다. 이탈리아 본점하고는 많이 분위기가 다르긴 합니다.

　　로마에 있는 고대 투기장 콜로세움 Colosseum 입니다. 검투사들의 시합과 맹수들의 연기 그리고 그리스도교인들 학살 장소로 쓰인 곳입니다. 오늘날 시각으로 보면 잔인한 곳이지만 당시 고대 로마 시민들에게는 일체감을 가지고 즐기는 하나의 공공 오락시설이었습니다. 긴 쪽이 188m이며 외벽의 높이는 4층 높이 48m나 되는 타원형 투기장입니다.

　지하에 검투사들의 거처와 맹수를 기르던 우리와 기독교인을 가두던 지하시설 위로, 옛날처럼 지상에 지붕을 일부 복원시켜 놓은 것이 보입니다. 당시 사람들은 지하에 이런 어마어마한 시설이 존재하는 줄을 몰랐을 것입니다. 잔혹한 역사의 한 장면입니다. 그리고 지하를 이용하여 거대한 공간을 만든 토목공사 실력에도 감탄을 합니다.

콜로세움 객석 중간에 순교한 기독교인들을 추모하기 위한 십자가가 서 있습니다. 기독교가 공인되기 전 콜로세움은 기독교인의 순교 장소였습니다. 특히 네로 황제가 로마에 대화재를 일으키고 그 범인으로 기독교인들을 몰아세웁니다. 기독교인들은 참수형, 십자가형 그리고 콜로세움에서 맹수들의 먹이로 목숨을 잃었습니다.

많은 기독교인들이 순교자들을 애도하기 위한 기도를 하려고 십자가에 모여듭니다. 그 순교자들의 예수님에 대한 사랑과 박해를 이겨 낸 신앙의 승리를 기억하고 추모하기 위해서입니다.

　　콜로세움 내부에는 콜로세움을 이해하기 위한 전시공간이 있
습니다. 검투사와 맹수가 서로 격투하는 장면을 묘사한 모자이크
작품이 현실감 있게 다가옵니다. 우리가 영화에서 자주 보던 장면
과 매우 흡사합니다. 커크 더글라스가 주연한 로마 노예들의 반란
을 다룬 검투사 영화 〈스파르타쿠스〉와 〈글래디에이터〉에서 막
시무스 역을 한 검투사 러셀 크로우가 떠오릅니다. 많은 영화 감
독들도 콜로세움을 방문하고 이곳에서 영감을 얻었겠지요.

영화 〈벤허〉 그리고 〈글래디에이터〉 등 수많은 장면에서 보아
온 로마 병사를 콜로세움 근처에서 만납니다. 물론 관광객들의 눈
요기로 그리고 기념촬영용으로 분장한 병사이지만 갑자기 2천 년
전으로 돌아간 듯한 착각에 빠집니다.

쉬는 시간인지, 일을 끝낼 시간이 다 되어서인지는 몰라도 로
마 군인의 군기가 형편없습니다. 투구도 벗고 방패도 옆으로 치워
놓았습니다. 그래도 영화의 한 장면에 들어간 것 같은 착각에, 이
들을 만난 것이 무척 행운이라는 생각이 들었습니다.

바울이 참수당하기 전 갇혀 있던 곳입니다. 세로 가로 각각 5~6m 정도의 작은 공간입니다. 바울의 마지막 편지인 디모데 후서를 집필한 곳으로 알려져 있습니다. 바울은 처음 로마로 압송되어 왔을 때는 셋집을 얻어 자유로이 복음을 전파하였지만, 네로 황제의 박해가 시작된 후로는 두 번째 투옥된 곳입니다.

사도 바울이 마지막 걸었던 길과 참수당한 장소에 세워진 교회당입니다. 길 옆에는 길을 보호하기 위한 차단시설이 설치되어 있습니다. 이 돌길을 걸으면서 기독교의 박해자에서 예수님의 사도로 변한 바울의 일생을 생각하여 봅니다. 예수님 열두 제자와 달리 바울은 유대인이 아닌 이방인 전도를 위해 택함을 받았고 그로 인하여 기독교는 유대를 떠나 로마로 그리고 미국 신대륙으로 서진西進하면서 세계적인 종교가 되었습니다. 우리나라, 중국, 그리고 궁극적으로 이스라엘까지 서진은 계속될 것입니다.

로마에는 황제가 거둔 승리를 기념하는 건축물이 도시 곳곳에 있습니다. 그중에 프랑스 파리의 에투알 개선문의 원본으로 불리는 티투스 개선문 Arco di Tito 을 콜로세움에서 바라본 모습입니다.

티투스 개선문은 유대인들에게는 치욕의 역사입니다. 티투스 황제가 유대-로마 전쟁의 업적을 기리기 위해 83년에 세운 가장 오래된 개선문입니다. 통곡의 벽만 남기고 예루살렘 성전이 파괴되어 전리품을 나르는 장면을 부조로 생동감 있게 표현하여 유대인에게는 아픔의 현장입니다. 티투스 개선문을 지나며 200년 넘는 오랜 기간 기독교인들의 순교와 박해를 생각하면서 숙연한 마음으로 기도를 올립니다.

　　교황의 여름 별장 카스텔 간돌포 Castel Gandolfo 의 언덕에 위치한 작은 마을입니다. 자그마한 골목길을 따라 아주 예쁜 카페들이 있는 조용하고 매력적인 마을입니다. 별장에서 발길을 밑으로 옮기면 알바노 Albano 호수에 다다릅니다. 사람으로 발 디딜 틈이 없는 로마를 떠나 이곳에 오면 정말 아름다운 경치와 고요함에 정신이 맑아집니다. 특히 영화 〈두 교황〉을 촬영한 교황의 별장 앞에 서면 숙연한 평온함이 몸에 와 닿습니다.

　로마에서 28km 떨어진 카스텔 간돌포 주위에 알바노 호수
가 있어 조금 높은 곳에 위치한 교황의 별장에서 보면 풍치를 한
층 더 살립니다. 둘레가 10km 정도 되는 큰 호수입니다. 활화산
의 활동으로 두 개의 분화구가 모여 호수가 되어 타원 모양입니
다. 화산재라서 모래가 검은색입니다. 여러 대의 보트가 정박 중
이라 아주 한가로운 곳입니다. 멀리 산중턱에 교황의 별장이 보입
니다.

　교황의 별장 앞에는 꽤 넓은 광장이 있습니다. 광장 중심으로 조그마한 골목길들이 나 있는데 골목마다 아기자기한 기념품 가게 그리고 알바노 호수가 내려다보이는 작은 레스토랑들이 있습니다. 유럽에서 온 자전거 여행팀이 광장에 모여 있습니다. 카페에서 몸을 추스른 다음 이제 막 다른 곳으로 출발할 채비를 합니다. 카스텔 간돌포는 관광객에게는 그리 알려진 곳이 아니라서 현지인들의 방문이 많습니다.

카스텔 간돌포 근처 기념품 가게 외벽입니다. 나는 여행을 다니며 기념품을 잘 사지는 않지만 가게 외벽이나 쇼윈도의 진열품들을 즐겨 촬영합니다. 일행을 앞에 세우고 촬영하면 장소를 기억나게도 하지만 인물사진의 배경이 그렇게 멋있을 수가 없습니다.

외벽의 기념품 전시는 그 지역의 문화 수준을 잘 보여 줍니다. 색의 조화부터 디스플레이하는 배열까지 오랜 노하우가 숨어 있습니다. 인사동이나 경주를 걸으면서 항상 아쉽게 생각하는 것이 이런 수준 높은 진열품들을 보기 힘들다는 것입니다.

카스텔 간돌포 광장의 노천 카페에서 에스프레소를 한잔하고 있는데 수녀님이 한 분 성당 입구로 걸어가십니다. 또 한 분의 수녀가 뒤따릅니다. 이 장면을 놓칠 수야 없지요. 딱 한 장 찍고 나니 두 분 수녀님이 시야에 안 계십니다. 수녀님 한 분보다 두 분이 계신 사진이 훨씬 살지요. 아주 럭키한 날입니다.

로마 시내를 여행하다 보면 관광지 주변 어느 곳을 가든지 눈에 엄청 많이 띄는 소나무입니다. 모양이 우리나라 소나무 모양과는 사뭇 다르지만 가로수로 쓰인 로마의 소나무를 보면 무척 반갑습니다. 우리나라 소나무는 장수의 상징이며 절개와 굳은 의지를 나타내어 〈애국가〉 가사에도 나옵니다. 레스피기는 1924년 〈로마의 소나무 Pini di Roma〉라는 4악장짜리 교향곡을 작곡하였습니다. 4악장은 '아피아 가도의 소나무'입니다. 중세에 세계를 지배한 로마에 대한 향수가 묘사되어 있습니다.

가던 길에 소나무 밑에 간이 푸드트럭이 보입니다. 간단한 음료와 커피 한잔을 하면서 소나무 그늘을 즐깁니다.

오르비에토 Orvieto 골목길 돌길을 따라 노부부가 걸어옵니다.
그것도 무척 천천히 걷습니다. '왔소, 찍었소, 보았소, 갑시다' 하
는 관광이 이곳에는 통하지 않습니다. 정말로 이 돌길을 천천히
걷고 싶지 않으세요? 사랑하는 사람의 손을 꼭 잡고 말입니다.

　로마에서 90km 떨어진 언덕 위에 세워진, 중세 도시 모습을 그
대로 간직한 오르비에토입니다. 국제 슬로시티 본부가 있는 곳입
니다. 먹는 것을 포함해서 생활양식이 '속도 숭배'가 아니라 '느림
숭배'의 도시입니다. 우리나라에도 완도군 청산도 등 15개의 슬로
시티가 있고 2020년까지 세계적으로 30개국 252도시가 가입되어
있습니다. 오르비에토는 바위 언덕에 위치하여 케이블카 '푸니쿨

라'를 타고 오릅니다. 주변이 비옥한 농업지구이며 '오르비에토'라는 이름의 백포도주가 유명합니다.

어느덧 저녁입니다. 길가에 가로등 불이 들어옵니다. 작은 골목길을 따라 여러 사연들이 움직입니다. 저녁식사 메뉴부터 인생의 고난스러움까지.

지붕의 마감재가 궁금합니다. 통상 보던 마감재하고 다릅니다. 작은 '테라코타'들이 모여 지붕을 만든 것 같습니다. 테라코타는 유약을 사용하지 않은 흙을 저온으로 구워 만듭니다. 테라코타는 라틴어로 '구운cott 흙terra'에서 유래합니다. 고대로부터 장식용의 작은 조소, 도기나 건축 자재로 널리 쓰던 재료입니다.

지붕을 만드는 데 시간이 많이 걸릴 것 같습니다. 저 많은 테라코타들처럼 각 집 부엌에서, 골목길에서 다양한 대화와 웃음이 피어나는 저녁입니다. 그것도 슬로시티답게 천천히 천천히, 넉넉하게 말입니다.

유럽의 돌길과
로마의 휴일

　유럽의 돌길은 여행자의 무거운 여행가방을 끌기에는 최악의 길입니다. 왜 유럽 도심지는 불편한 수백 년 된 돌길을 고집하는 걸까요? 돌길의 원조는 로마입니다. '모든 길은 로마로 통한다.' 군대의 이동을 위하여 전차 두 대가 엇갈릴 정도 큰 돌길을 유럽 전역에 깔아 그 연장이 수만 킬로미터나 되었다 하네요. 로마는 돌길을 중요한 사회 인프라로, 그리고 통치의 수단으로 생각하였던 것이죠.

중세에 들어 유럽은 길의 암흑기로 빠져듭니다. 봉건영주의 지방분권과 장원경제로 자급자족 시대가 도래하여 교류가 필요 없게 되었기 때문입니다. 중세 이후 십자군 전쟁이 시작되면서 군대의 이동을 위하여 일부 돌길이 부활됩니다. 돌길은 16세기 인적 교류와 물류 이동을 촉발한 르네상스로 화려하게 살아나기 시작합니다. 재료인 자갈을 구하기가 쉽고 비용도 저렴하기 때문이죠. 말이 미끄러지지 않는 자갈은 마력을 높이게 되고, 크기도 말굽에 맞는 사이즈인 10cm짜리를 표준으로 사용하게 됩니다. 그러나 효율성을 강조하는 시대가 되면서, 아스팔트 포장이 파리에서 등장하고 동시에 편안한 승차감도 즐기게 됩니다.

　　20세기 중반부터 돌길이 다시 각광을 받으며 구시가지나 광장에 복원되기 시작합니다. 아스팔트의 진동으로 손상을 받는 오래된 유적 보호에 비상이 걸렸습니다. 돌길은 진동을 흡수하여 문화유산 건물들을 보호하는 동시에, 옛 건물의 아름다움을 돋보이게도 합니다. 자동차가 속도를 내지 못하기 때문에 보행자 안전이 높아지고, 돌길 사이로 배수가 쉽고 빗물 저장 효과로 도심지 홍수 예방 기능도 있었답니다. 물론 돌길 유지보수를 적은 비용으로 쉽게 할 수 있다는 장점도 크지요.

　　효율성을 중시하는 미국에는 돌길을 찾아보기 어렵습니다.

우리나라는 흙길에서 바로 아스팔트 길로 넘어오면서, 고궁이 아닌 곳에서는 돌길을 찾을 수가 없습니다. 매해 연말이면 도시 곳곳에서 파헤쳐지는 아스팔트와 보도블록을 보면서, 연말을 조용하게 지나는 유럽의 골목 골목에 깔려 있는 돌길들이 떠오르곤 합니다.

영화 〈로마의 휴일〉은 〈벤허〉의 감독인 거장 윌리엄 와일러의 1953년 흑백영화 작품입니다. 배우 오드리 헵번과 그레고리 펙이 주연한 영화로서 오드리 헵번이 아카데미 시상식에서 여우 주연상을 받은 작품입니다. 한 나라 군주로 본분을 다하지만 자유를 꿈꾼 앤(오드리 헵번) 공주는 며칠간의 일탈을 합니다. 이탈리아 순방차 들른 로마에서 머리를 짧게 자르고 신분을 감춘 채 앤 공주는 동경하였던 또래의 평범한 일상을 미국 신문기자 조 브래들리(그레고리 펙)와 함께 즐깁니다. 신문기자 조 브래들리는 앤의 정체를 알고 특종을 위해 공주에 접근하였던 것입니다. 두 사람이 며칠간 로마 시내를 누비는 동안 영화 관객은 아름다운 커플과 함께 로마 곳곳을 구경하게 됩니다. 충분히 특종을 낼 수 있었지만 포기하고 앤을 지켜 준 조. 그런 그에게 기자회견장에서 몇 마디의 말과 눈빛으로 고마움을 표한 앤. 이런 결말이 너무 근사합니다. 영화는 뻔하지만 오드리 헵번은 뻔하지 않았던 영화입니다. 동화 같은 소재와 아련한 엔딩 장면 때문에 다른 영화를 만드는 감독이나 작가들이 〈로마의 휴일〉 장면이나 대사를 자주 인용하는 고전영화 중의 고전영화입니다.

저는 국제학회 발표를 위하여 로마를 방문하였습니다. 임무가 있었기 때문에 저에게는 '로마의 휴일'이 아니라 '로마의 임무'가 된 것이지요. 임무를 마친 후 앤 공주처럼 일탈의 여정으로 로마 근교를 돌아보았습니다. 마침 로마 한국대사관 소개로 이탈리아에서 성악을 공부하던 걸출한 안내자 김은수 씨를 만난 것이 행운이었습니다. 짧은 여정이라 멀리는 갈 수가 없어서 남들이 잘 가지 않는 로마 근교를 다녀 보았습니다.

영화 〈두 교황〉의 촬영지 카스텔 간돌포도 가게 되었습니다. 귀국하여 영화 〈두 교황〉을 보면서 간돌포를 추억합니다. 이렇게 알고 가는 곳도 있고, 자세히 모르고 가서 후에 영화를 통해서 추억을 더듬는 곳도 생깁니다. 여행의 묘미입니다.

여행에는 너무 맛집만 밝히는 것도 그렇지만 금강산도 식후경, 먹는 것도 중요합니다. 이탈리아 하면 피자입니다. 경상도 김치도 경상도에서 먹어야지 정통 제맛이지요. 이탈리아 피자는 피자의 본고향답게 어딜 가든 참 맛이 있습니다. 로마 여행에서 세계 3대 진미에 속하며 땅속의 다이아몬드라 불리는 송로버섯 요리와 트러플오일 맛을 제대로 맛본 것이 눈이 아니라 혀의 기억에 남습니다. 성악을 전공하면서 요리를

즐기는 안내자 덕분입니다. 최근 자신의 재능을 살려 강남에 이탈리안 레스토랑을 열었습니다. 안내자의 성악을 들을 기회가 로마에서는 없어 귀로 경험은 못 하였지만 서울에 돌아와서 귀국한 안내자의 오페라 공연을 볼 수 있었습니다.

이탈리아 하면 명품의 고향입니다. 로마 근교 명품 아웃렛의 새로운 경험도 귀합니다. 서울에서는 너무 고가라서 매장에 들어갈 엄두도 못 내었던 옷들이 거의 서울의 10분의 1 가격이 붙어 있습니다. 참으로 눈호강도 열심히 하고 마음에 드는 몇 점은 구입도 하였습니다. 안내자께서 너무 취향에 맞는 적재적소의 명품 매장 안내를 하면서 직접 옷을 추천하는 열정에 감복하고 정성에 보답한 것이지요. 안내자 본인도 옷을 너무 좋아하여 자기 옷 고르듯이 열심이었습니다. 다 지나고 나니 아름다운 추억이었습니다. 추억치고 아름답지 않은 추억은 없겠지만요.

Viva la Vida
_ 스페인

Spain

오래전 학회를 참석하려고 스페인 마드리드를 들렀습니다. 학회 짬새에 마드리드 근교 톨레도를 방문하였습니다. 그 톨레도가 오랫동안 뇌리에 남아 있는 것입니다. 정년퇴직 후 제일 먼저 방문하고 싶었던 곳이 스페인이었습니다. 스페인을 여행하는 가장 쉬운 방법이 단체여행입니다. 정말 '왔소 보았소 찍었소' 빨리빨리 여행이었지만 가는 곳마다 기회만 되면 열심히 셔터를 눌렀습니다.

마드리드 스페인 왕궁의 회랑입니다. 끝 모를 회랑의 길이도 대단하지만 천장을 보면 둥근 모양으로 벽돌을 쌓아 가고 색깔도 황금색입니다. 옛 스페인 건축의 수준을 보면서 설계자도 중요하지만 이런 작업을 수행하였던 기술자의 수준도 가늠이 가능합니다. 인간의 지혜와 능력이 옛날이 지금보다 못하지 않았다는 생각이 듭니다.

　스페인 왕궁의 첨탑입니다. 첨탑 위에 개선문 모양의 문이 올려져 있으며 사이에 아우라가 있는 성인이 있습니다. 그리고 주위에도 성인의 동상이 서 있습니다. 통상 보던 왕궁과 지붕 모습이 사뭇 다릅니다. 앞에 보이는 가로등도 보통 보는 가로등과 다릅니다. 왕궁 지붕에서부터 옛 스페인 왕가의 위용과 부귀가 느껴집니다.

스페인 마드리드의 그 유명한 프라도 미술관입니다. 내부 촬영이 금지되어 외부에 걸린 대형 걸개 광고물과 옆의 성당 건물만 보여 드립니다. 걸개 그림에는 다음에 전시되는 화가의 그림을 미리 보여 줍니다. 미술관에 입장하여 피카소 특별전을 관람하며 촬영을 허락하지 않는 미술관 운영자를 많이 원망하였습니다.

　마드리드 근교에 있는 톨레도Toledo 입니다. 스페인에서 하루만 머문다면 꼭 보아야 할 도시가 톨레도입니다. 톨레도를 올라가는 입구에서 내려다보니 예쁜 관광열차가 운행되고 있었습니다. 빈티지한 작은 열차는 바퀴를 타이어로 교체해서 달리는 예쁜 시내 관광용 교통수단입니다. 어릴 적 생각이 나서 열차를 타 보고 싶은 유혹에 빠집니다.

　그런데 열차 위에 맥도날드 광고판이 눈에 들어옵니다. 다국적 기업의 광고력을 느끼는 순간입니다. 9시에 문을 연답니다. 틀림없이 근처에 맥도날드가 있고 아이가 조르면 부모는 할 수 없이 예정하던 메뉴를 포기하고 맥도날드에서 점심을 하여야 할 것 같습니다. 그런데 열차 내에는 아이들보다 어른들만 보이네요.

골목을 지나다 보면 톨레도 대성당이 나타납니다. 좁은 골목길
이 재미도 있고 볼거리가 많습니다. 걷다 보면 어느덧 대성당이
불쑥 나타납니다. 여느 도시 대성당과 달리 골목길을 걷다가 갑자
기 앞으로 다가옵니다. 그래서 감동이 더 큽니다. 물론 이때부터
수많은 관광객과 부딪치게 됩니다. 그래도 서로서로 같은 입장이
라 즐겁고 여유들이 만만합니다. 여행객들의 공통점은 살던 각박
한 현실을 떠나 여유를 즐기고 있기 때문에 그냥 반갑습니다. 어
지간한 불편도 이해하고 화냄도 사라지고 통과 통과입니다.

톨레도 대성당은 이전까지 이슬람 사원이었다가 1086년 알폰소 6세가 톨레도를 수복하면서 가톨릭 교회로 사용되었습니다. 대성당의 규모가 어마어마합니다. 1500년대에 들어선 대제사단 Capilla Mayor 은 예수님의 탄생부터 부활 영광까지 성경의 내용을 담은, 채색의 정교함과 화려함의 극치인 조각 작품들입니다. 예전에는 문맹이 많아 이콘과 조각품으로 성경의 내용을 나타내어 복음 전도로 사용되었습니다.

제단 옆 성가대석은 등받이에 스페인의 이슬람 정복 장면을 조각한 수많은 호두나무 의자들이 자리 잡고 있습니다. 호두나무 등받이의 조각들을 보면서 옛 스페인 장인들의 솜씨에 감탄이 절로 나옵니다.

　　톨레도에서 엘 그레코 El Greco 를 빼고 얘기할 순 없습니다. 엘 그레코는 그리스 크레타 섬에서 태어나 스페인에서 처음으로 그린 그림이 톨레도 대성당의 '그리스도의 옷을 벗김 El Expolio'입니다. 그는 '그리스인'이란 뜻의 '엘 그레코'를 별명으로 얻었는데 이를 자신의 이름으로 계속 사용하였습니다. 30세에 스페인 궁정화가가 되었지만 궁정화가를 그만둔 후 이곳 톨레도에서 평생을 생활하였습니다.

　　그림 중앙에는 눈에 띄는 빨간 옷을 입고 있는, 십자가에서 못 박혀 돌아가시기 전의 예수님의 모습이 그려져 있습니다. 신약성경에는 '홍포'라고 묘사하고 있습니다. 고대 로마에서 자주색은 황제의 복식에 사용됩니다. 로마 병정들은 예수님을 '자칭 유대인의 왕'이라 부르며 조롱하기 위하여 빨간색 옷을 입혔겠지요. 하늘에 계신 아버지와 십자가를 바라보는 예수님의 눈빛을 저렇게 선하게 묘사할 수 있는 이가 바로 엘 그레코입니다.

　톨레도는 로마 시대부터 성채도시였습니다. 로마 세력이 약해진 틈에 서고트족, 그리고 이슬람 세력에 이어 가톨릭이 탈환할 때까지 다양한 세력의 이색적 문화가 융합된 곳입니다. 마드리드가 스페인의 수도가 되기 전 1560년까지 톨레도가 카스티야 왕국의 수도로 번창한 중세 도시였습니다. 톨레도의 호텔 로비도 톨레도에 걸맞은 고급지면서 고색창연한 모습을 하고 손님을 맞습니다. 대도시의 현대화된 천편일률적인 호텔만 보다가 이런 로비를 만나면 감흥이 새롭습니다.

톨레도의 목걸이 등 악세서리와 금 세공품을 파는 가게입니다. 톨레도는 금과 은 세공으로 유명합니다. 돈키호테가 가게 앞을 지키고 있습니다. 스페인 곳곳에는 돈키호테를 영업에 많이 이용하고 있습니다. 돈키호테의 눈이 휘둥그렇게 뜨고 놀란 표정입니다. 표정이 아주 재미있습니다. 들어오려는 손님을 너무 반겨서 이런 표정을 짓는 걸까요. 가게는 들어가지 않고 돈키호테 얼굴만 한참 살펴보았습니다.

톨레도가 한눈에 들어오는 포인트에 섰습니다. 정말 멋집니다. 중세 도시 그대로입니다. 매혹적이란 말도 부족합니다. 톨레도가 많은 사람의 사랑을 받을 만합니다.

사진 중앙에 네 개의 탑이 있는 건물이 알카사르입니다. 알카사르는 3세기 로마군이 주둔하였던 자리에 서고트족이 요새로 지었고 이슬람 양식으로 개축되었다가 가톨릭이 르네상스 양식의 궁전으로 재탄생시킨 곳입니다. 그리고 왼쪽에 하나님이 계신 톨레도 대성당이 자리 잡아 오랜 세월을 간직하고 시간이 멈춘 듯 조용하게 자리를 지키고 있습니다.

톨레도를 감싸고 돌아 흐르는 타호 강Rio Tajo은 이베리아 반도에서 가장 긴 강입니다. 톨레도는 삼면이 깊은 계곡으로 둘러싸이고 타호 강으로 싸여 자연 해자가 형성된 천혜의 요새 도시입니다. 시내 내부의 아름다운 골목길과 오래된 금세공 가게들 등등을 생각하며 톨레도를 떠날 때 자꾸 뒤를 돌아봅니다. 언제 다시 오려나 하고 말이죠.

몬세라트Montserrat를 오르
기 위하여는 세 가지 길이 있습니다. 기차를 이용하든지, 걸어가
든지, 케이블카를 타고 오르는 길입니다. 남녀가 걷는 길을 택하
였습니다. 어느 길이 좋다고는 말할 수 없습니다. 열차나 케이블
카는 편하긴 하지만 볼 것을 많이 놓칩니다. 걸어가는 길은 힘들
고 시간도 많이 걸리는 고난의 길이지만 주위에 많은 것들을 보고
느낄 수가 있습니다. 어느 길을 가든지 가는 사람의 마음입니다.
어느 길이 좋다고 단정하기 어렵습니다. 모두 일장일단이 있습니
다. 제각각 사정에 따라 길을 택하여야 되겠지요.

몬세라트 수도원Abadia de Montserrat은 이런 기암절벽 위에 세워
져 있습니다. 몬세라트는 카탈루냐어로 '톱니 모양의 산'이란 뜻입
니다.

　몬세라트 수도원은 '검은 성모 마리아상'으로 유명합니다. 12세기에 제작된 로마네스크 양식의 나무 조각상으로 1881년 교황 레오 13세가 카탈루냐의 수호성인으로 선포하였습니다. 약 천 년 전 목동 몇 명이 하늘에서 이곳에 빛이 내려오는 것을 보았습니다. 빛의 천사들이 방문한 어떤 동굴에서 바로 '검은 마리아상'이 발견되었다고 전해집니다. 일설에는 성상을 옮길 수 없어 그 자리에 수도원을 지었다 합니다. 나폴레옹 군대에 의해 파괴된 수도원은 19세기에 재건되었습니다.

　'검은 성모 마리아'는 오른쪽 손에 보주를 들고 있습니다. 둥근 보주를 만지며 소원을 빌면 성취할 수 있다고 알려져 세계의 여행자들이 몰립니다. 성수기에는 성모상을 보고 만지기 위하여 2시간 이상 기다려야 한답니다.

몬세라트 수도원을 내려오는데 벤치에서 곤히 잠든 부자를 봅니다. 얼마나 피곤하면 벤치에서 저런 모습으로 잠이 들었을까 하고 궁금하여집니다. 그러면서 한편으로는 아버지의 사랑도 함께 다가옵니다. 아들은 가슴으로 전해 오는 아버지의 따뜻한 사랑과 심장 박동을 느꼈을 겁니다. 뒷배경에 어지러운 그림자는 저 가정의 복잡한 사정을 알려 주는 것일까 하는 괜한 생각도 잠시 합니다. 잠에서 깨어난 부자가 상쾌한 기분으로 저녁을 먹으러 집으로 갔으면 좋겠습니다.

바르셀로나 사그라다 파밀리아 대성당의 '수난의 파사드'로 유
명한 조각가 호셉 마리아 수비라치Josep Maria Subirachs의 작품입니
다. '이해의 계단' 또는 '영성의 계단', '천국의 계단'으로 불리는 작
품이 몬세라트 수도원의 한 모퉁이를 자리 잡고 있습니다. 높은

절벽 위에 세워져 하늘과 가깝습니다. 저 계단을 타고 올라 천국
으로 갈 수 있으면 하는 바람입니다. 그러나 파손을 염려해서인지
출입이 금지되어 있습니다. 작가의 천국에 대한 소망이 이루어지
지 않아 아쉽습니다.

　바르셀로나Barcelona는 도시 자체가 안토니 가우디Antoni Gaudi의 커다란 작품이라 할 만큼 가우디의 작품이 도시 곳곳에 그대로 보존되고 있습니다. 가우디가 설계한 주거용 건물인 카사 밀라Casa Milà 입니다. 뼈로 만든 집처럼 생긴 건물입니다. 바르셀로나의 멋쟁이 변호사 밀라는 부인에게 가우디를 소개하고 호화 주택을 짓기를 부탁합니다. 완성된 집이 당시에는 지나치게 급진적이라서 채석장, 벌집이라고도 불리워졌습니다.

　가우디는 카사 바트요Casa Batlló로 이미 큰 명성을 얻은 시기에 카사 밀라도 건축을 하게 됩니다. 옥상에 성모 마리아를 모시고 싶은 뜻이 좌절되기도 합니다. 가우디는 이런 부자들의 호화 주택

을 짓는 것은 카사 밀라를 마지막으로 사그라다 파밀리아 건축에
만 전념하게 됩니다. 가우디의 하나님을 향한 깊은 신앙심과 천재
성이 하나님의 도우심으로 세계적 건축물이 태어나는 계기가 되
었습니다.

　카사 밀라 베란다마다 쇠로 만든 작품들이 꽃처럼 피어납니다.
카사 밀라는 산에서 모티브를 얻어 설계하였기에 몬주익Montjuic
산의 사암을 이용하였습니다. 무거운 돌을 사용하여 지어 새로운
도전의 역사를 만들었습니다. 철골 구조에 돌을 입힌 새로운 공법
으로 지어졌습니다. 100년 전 이런 파격을 수용하기까지 주문자
의 고심과 포용이 상당히 컸으리라 짐작합니다.

　‘직선은 인간이 만든 선이고 곡선은 하나님이 만든 선이다.’

　가우디의 어록입니다. 가우디의 사그라다 파밀리아 성당Templo
Expiatorio de la Sagrada Familia 외벽은 거의 곡선으로 이루어져 있습니
다. ‘사그라다’는 스페인어로 ‘성스러운’이란 뜻이고 ‘파밀리아’는
‘가족’이란 뜻입니다. 성가족성당이라고도 불립니다. 1882년 시
작된 성당 건축은 1926년 가우디가 73세의 나이로 고인이 되었을
때 4분의 1만 완성되어 있었습니다. 가우디 서거 백 주년이 되는
2026년에 완성될 예정입니다.

2024년 현재 142년째 공사가 진행 중이며 비용은 관광객과 신자들의 헌금과 기부금으로 충당되고 있습니다. 세기에 걸쳐 공사가 이루어지다 보니 현대의 크레인과 시대를 걸쳐 쌓아 올린 고색창연한 원통형 탑들이 다른 색깔들을 보이며 서로 묘한 조화를 이룹니다. 크레인 사이에 방금 쌓아 가는 하얀 첨탑들이 보입니다. 세계에서 유래를 찾아볼 수 없는 건축의 현장이 바르셀로나에 있습니다.

사그라다 파밀리아 성당 내부입니다. 성당의 천장은 하늘을 올려다본 숲의 모습을 떠올린 가우디의 구상대로 표현되었습니다. 내부는 온통 스테인드 글라스에서 뿜어내는 색깔의 빛이 가득 차 있습니다. 연두색과 파란빛이 주된 스테인드 글라스는 해가 뜨는 동쪽에 두어 점점 밝아지면서 탄생과 생명을 나타내며 성당을 푸른빛으로 비추게 됩니다. 점점 시간이 지나감에 따라 해가 서쪽으로 이동하면서 붉은 스테인드 글라스를 통하여 붉은빛으로 변하고, 이는 죽음을 비유하는 것입니다.

이런 건축가의 뜻을 이해하면서 관람을 하려면 하루해도 모자랄 지경입니다. 중세의 성당처럼 금이나 귀금속을 전혀 사용하지 않은 성당, 그것이 사그라다 파밀리아 성당이며 가우디의 사상입니다.

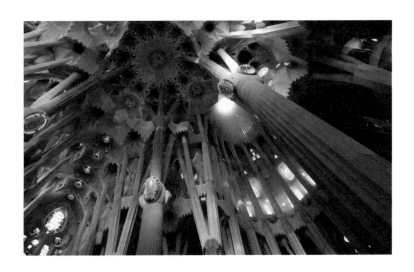

　사그라다 파밀리아 성당의 천장을 바라보다 공중에 매달리신 예수님 앞에서 잠시 숨이 멎었습니다. 십자가를 지신 예수님은 대부분 성당 벽에 계셨습니다. 황금빛 우산 아래에서 황금색 등의 조명을 받으며 예수님이 성당 천장에 매달려 계십니다. 예수님의 고초와 절규가 귀에 들리는 듯합니다. 성당 안이 어둡습니다. 장시간 노출을 위한 삼각대도 없습니다. 천장에 계신 예수님을 향하여 사격 훈련에 배운 격발 자세로 숨을 멈추고 셔터를 누릅니다. 다행하게도 사진이 흔들리지 않았습니다. 가슴은 뛰었지만 손은 흔들림이 없었습니다.

성당의 가장 높은 가운데 첨탑은 예수님을 상징합니다. 주위의 12개 첨탑은 예수님의 12제자를 상징합니다. 가장 높은 첨탑의 높이가 172.5m입니다. 바르셀로나의 몬주익 언덕의 높이가 173m 높이임을 감안할 때 하나님이 만드신 것을 넘어서는 안 된다는 가우디의 겸손함의 결과입니다.

성당에는 각각 다른 방향으로 세 개의 파사드가 있습니다. '탄생의 파사드', '수난의 파사드', '영광의 파사드'입니다. '탄생의 파사드Nativity Facade'는 가우디가 생전에 완성하였습니다. 사진은 '탄생의 파사드'에 있는 아기 예수님이 애급으로 피난 가는 조형물입니다. 여기 요셉의 얼굴 모델이 가우디의 모습이라고 합니다. 몬세라트 수도원의 성당에 있는 아기 예수의 애급 피난 장면이 떠오릅니다.

사그라다 성당 남서쪽 면으로 '수난의 파사드Passion Facade'입니다. '탄생의 파사드'와 달리 딱딱하고 직선적입니다. 경외심, 고통, 공포가 떠오르도록 하는 의도에서 해가 잠시 들고 어두워진다는 점을 적극 이용하려고 남서쪽에 파사드를 위치하게 하였습니다.

예수의 고난과 죽음을 주제로 하는 '수난의 파사드'에 예수님의 십자가 죽음의 조각상이 있습니다. 그리고 골고다 언덕을 십자가를 지고 올라가시는 예수님이 계십니다. 성경에는 예수님이 십자가에 못 박히실 때 옷을 벗기고 그 옷을 로마 군인들이 제비 뽑아 나누어 가졌다 합니다. 보통은 예수님이 천을 걸치신 형태로 보여 지십니다. 가우디는 성경을 그대로 따르기 때문에 예수님이 옷을 걸치지 않은 것으로 표현하였습니다. 파사드 앞에 기둥들이 서 있는데 죽음과 관련하여 힘줄을 상징한다고 합니다. 성경에 나오는 고난의 현장을 리얼하게 묘사하고 있습니다.

관광객들은 이층 관광버스나 승용차를 이용하는 사람, 걷는 사람 등 여러 이동수단을 이용하여 방문하므로 항상 성당 뒷면 '수난의 파사드'는 떠나가는 관광객들로 붐비고 있습니다. 차분하게 예수님의 고난의 현장을 묵상하기가 어려운 환경이 되어 버렸습니다.

구엘 Güell 공원입니다. 가우디의 후원자였던 구엘 백작이 아테네의 델포이를 재현시킨 전원주택단지를 제안하여 60채의 주택이 들어설 예정이었답니다. 결과적으로 주택단지를 조성하는 데 실패하고 결국 공원으로 남게 되었습니다. 바르셀로나 시민뿐 아니라 인류에게는 축복이었습니다. 부자 마을로 단지 출입이 차단되면 이런 경이로운 공원을 볼 기회가 사라져 버렸을 터이니까요.

계단 중간에 특히 많은 관광객이 모여 있는 곳이 구엘의 명물 도마뱀입니다.

　도리아식 기둥 안에 설치한 하수관을 통하여 떨어지는 물과 빗물이 모여서 계단에 있는 분수로 흘러나옵니다. 기둥을 물이 흐르는 수도 시설로 이용하였답니다. 예술을 떠나 실용 면에서도 가우디는 천재입니다. 계단에 있는 유명한 도마뱀 조형으로 물이 쏟아져 나오고 있습니다. 타일의 조각을 모은 도마뱀 형상에서 연금술을 상징하게 하였습니다. 옆을 지나가는 관광객의 튀어나온 배만큼이나 도마뱀도 통통하게 살이 올라 있습니다.

　　구엘 공원의 중앙에는 광장이 있으며 그 광장의 둘레를 따라
타일로 장식된 곡선의 긴 벤치가 자리 잡고 있습니다. 가우디의
상상력의 끝이 어디인지 감탄스럽기만 합니다. 투박한 돌에 타일
을 붙여 직선 없이 곡선으로만 이루어져 있는데 마치 커다란 뱀이
살아 움직이는 것 같습니다.

　　끊기지 않고 광장 둘레를 다 둘러 놓아 길이가 만만치 않습니
다. 타일의 문양 가운데 게 모양이 있는데 가우디 자신의 별자리
를 상징한다고 하는데 찾지를 못하였습니다. 아무리 뙤약볕이라

고는 해도 벤치에 한동안 쉬었습니다. 눈에 보이는 장면이 너무 아름답고 충격적이라 오래 쉬지는 못하고 달음질을 치면서 가우디의 세상을 카메라에 담습니다.

세계 각국에서 온 관광객이 마치 인종 박람회를 연상시킵니다. 저마다 이 경이로운 장면을 놓치기 싫어 연방 셔터를 누르고 있습니다. 정말 구엘 공원을 마치고 나오면 환상의 세계를 다녀온 듯한 착각에 빠집니다.

광장을 받치는 기둥을 지나 내려오면 파도 동굴이 있습니다. 옆에서 보면 마치 파도의 소용돌이 속에 있는 착각이 드는 공간입니다. 이곳을 걷는 느낌은 마치 나무뿌리가 뻗어 있는 땅속을 걷는 것 같습니다. 지형을 살려 연출한 가우디의 아이디어가 돋보입니다. 구엘 공원은 자연에 가까운 공원이 무엇인가를 보여 주며 가우디의 자연주의 미학 그 자체를 보여 주고 있습니다.

　구엘 공원은 바르셀로나에서 비교적 높은 지역인 펠라다 산등성에 위치하고 있습니다. 공원에서는 멀리 사그라다 파밀리아 성당이 보이고, 날이 맑으면 지중해까지 볼 수 있습니다.

　구엘 공원은 경사지에 지었기 때문에 기둥이 많이 필요하게 되었습니다. 인공적이기보다는 주변의 돌을 쌓아 올려 기둥을 만들었습니다. 원시적, 자연적으로 생긴 것처럼 보이나 인위적으로 연출한 자연미입니다. 기둥의 모양을 유심히 보면 코끼리의 정면 모습을 보는 듯합니다. 구엘이 어릴 적 좋아하던 인도 코끼리를 본떠 만들었다 합니다.

구불구불한 가우디의 벤치가 나그네들의 아픈 다리들을 부릅니다. 벤치 중의 벤치에서 눈과 엉덩이가 호사를 누립니다. 오래 앉아 있고 싶어집니다. 언제 다시 이곳에 와서 앉을 날이 오겠습니까. 그리고 가우디란 분이 궁금해집니다. 어떻게 이런 발상들을 할 수 있을까. 바르셀로나, 스페인뿐만 아니라 세계가 감사하여야 할 천재 중의 한 사람임에 틀림없습니다.

그러나 가우디는 1926년, 성당에서 미사를 마치고 나오던 중에 노면 열차에 치여 지저분한 모습 때문에 노숙인 환자 취급을 받다가 무상 병원에서 제대로 치료 한번 못 받고 생을 마감하였습니다. 나중에 가우디를 알아본 병원 관계자에게 가우디는 '옷차림을 보고 판단하는 이들에게, 이 거지 같은 가우디가 이런 곳에서 죽는다는 것을 보여 주게 하라. 그리고 난 가난한 사람들 곁에서 있다가 죽는 게 낫다'며 빈민 병원에 남았고 74세의 일기로 생을 마감하였습니다. 그의 유해는 사그라다 파밀리아 대성당 지하 묘지에 안장되었습니다. 예수님은 외모로 사람을 판단하지 말라 하셨습니다. 가우디는 천재이며 가난한 사람의 이웃이며 훌륭한 신앙인이었습니다.

구엘 공원 입구에는 과거 경비실과 경비원 숙소로 쓰이던 두 개의 건물이 있습니다. 《헨젤과 그레텔》 동화에 나오는 과자집을 모티브로 하여 설계한 집입니다. 현재는 박물관과 기념품숍으로 사용되고 있습니다. 두 채의 기념품점 중 한 곳의 지붕입니다. 직

선보다는 곡선의 부드러운 선을 찰흙으로 빚어 만든 후 조각타일로 덮었습니다.

가우디는 '자연에는 직선이 존재하지 않는다'라는 괴테의 자연론과 곡선은 하나님이 만든 선이라는 예술론을 바탕으로 대담하고 환상적이며 독창적인 건축 양식을 완성하였습니다. 가우디는 건축가인 동시에 설계에 철학을 담은 철학가이기도 합니다.

　　스페인의 고도 론다 Ronda 입니다. 스페인 내전의 종군기자였던 헤밍웨이는 '이세 전쟁이 끝났으니 삶과 죽음을 볼 수 있는 곳은 투우장이다'라고 말하며 론다를 찾았습니다. 헤밍웨이는 4~5년 동안 무려 1천 회의 투우를 관람하였습니다.

　　론다는 근대 투우의 발상지입니다. 투우장 외벽 흰 벽에 자리 잡은 투우의 모습이 금방 뛰쳐나와 우리를 덮칠 것 같습니다. 옆에서 한가로이 쉬고 있는 순하디순한 나귀와 너무 대조가 됩니다. 생명이 없는 투우가 생명이 있는 나귀를 위협하고 있습니다. 투우를 보고 있노라면 투우장에서 투우를 쓰러뜨린 투우사에게 보내는 관중의 환호 소리가 들리는 듯합니다.

　스페인에서 가장 오래되었으며 6천 명을 수용할 수 있는 론다의 투우장입니다. 1785년에 완공된 지름 66m의 투우장으로, 현재 사용 중인 투우장 중에서 가장 아름다운 곳입니다. 관객은 없지만 수많은 관객의 함성이 들리는 듯합니다. 황토색 흙마당에 소 대신 두 대의 유모차가 보입니다. 우리나라에서 흔히 볼 수 있는 반려견을 위한 유모차는 아닌 것 같습니다. 유모차에 아이스박스와 아기용품을 매달아 두었습니다. 무슨 연유로 유모차가 투우장 안에 들어왔는지 궁금합니다.

　투우의 시야에서 투우장을 보고 싶어, 투우가 매여 있다 풀어주면 뛰쳐나가는 칸막이 뒤에서 투우장을 바라보았습니다. 저 수많은 관중을 화가 난 투우는 보지 못하는 것 같습니다. 투우사의 붉은 망토만 보고 치달리는 투우가 가엾게 느껴집니다.

투우장 기념품숍에 우스꽝스럽기도 하고 만화 같은 표정의 목각인형 투우사가 손님을 기다립니다. 그 옆에는 실물처럼 만든 투우사 인형과 투우가 그려진 머그잔, 투우 조각 등이 진열되어 있습니다. 론다에서만 구할 수 있는 귀한 기념품들입니다. 지역마다 그 지역을 상징하는 독특한 기념품들이 발걸음을 멈추게 합니다. 지금 보면서, 아, 그때 저 물건을 사 올 걸 그랬다 하는 후회를 가지게 하는 기념품들입니다. 또 언제나 론다를 가 보겠습니까. 잊어야지요.

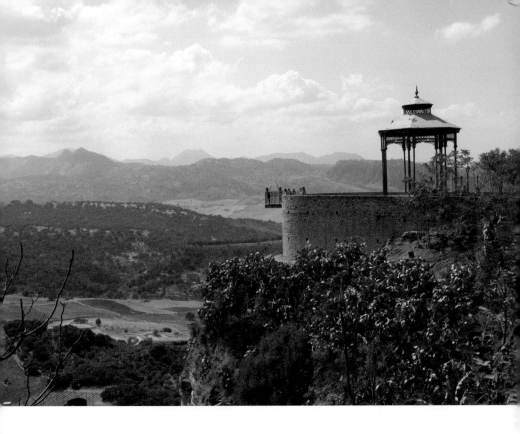

　　론다의 누에보 다리 근처 전망대입니다. 전망대 돌출 부위에서
사진 찍기에 열중하며 환호하는 한 무리의 사람들이 보입니다. 전
망대에서 내려다보는 광경이 너무 아찔하답니다. 론다 전역을 볼
수 있지만 고소공포증이 있는 사람은 권하지 않는다 하여 포기하
였습니다. 가까이 가지 않고 멀리서 보아도 오금이 저려 옵니다.
고소공포증으로 기억에 남을 좋은 추억을 놓치게 됩니다.

론다를 찾게 되는 또 하나의 절경, 누에보 다리Puente Nuevo는 깊이 120m의 엘 타호El Tajo 협곡에 놓인 다리입니다. 두 지역을 잇기 위하여 40년간 공사를 하여 1793년 완공하였습니다. 처음

지어진 다리가 무너져 90여 명이 사망한 참사 이후 40년간 튼튼
하게 새로 지어진 다리입니다.

유럽에서 색다른 재미를 느끼고 싶다면 소도시를 가 보라는 말을 합니다. 스페인 남부에 숨겨진 나만 알고 싶은 소중한 하얀 마을 미하스 Mijas 입니다. 지중해의 하얀 마을 하면 떠오르는 곳이 산토리니라면 스페인의 하얀 마을은 미하스입니다. 산비탈에 위치하여 지중해가 눈앞에 잡힐 듯 가까이 보이지만 산토리니처럼 아주 바다에 인접하지는 않습니다. 현대판 달구지 '자동차'와 역사의 달구지 '마차'가 공존합니다. 사람이 많지 않은 조용하고 한가한 마을이라서 마차를 타고 동네 한 바퀴를 돌고 싶은 유혹을 느낍니다.

　　미하스의 흰 벽들을 보세요. 작은 산토리니 같습니다. 베란다
도 흰색입니다. 베란다에는 꽃들을 가꾸어서 주인도 즐기고 손님
들도 즐깁니다. 건물 흰 벽에는 푸른색의 화분들이 매달려 있습니
다. 이 화분들까지 꽃으로 채워지면 아주 화려한 골목길이 될 듯
합니다. 꽃을 심을 철이 아니라 꽃이 없든지, 아니면 꽃들이 다 시
들어진 모양입니다.

　용기를 내어 꾀거로 돌아가 마차를 한번 타 보기로 하였습니다. 백마를 골랐습니다. 친절하고 유쾌한 마부께서 많은 설명을 하지만 못 알아들으니 답답하고 미안할 따름입니다. 마부는 자신의 어린 딸과 동행하더군요. 처음 시작부터 끝까지 딸을 꼭 껴안고 말을 모는 마부의 어깨에서 진한 부정을 느낍니다. 시종 알아듣지 못하는 스페인어로 손님을 위하여 계속 안내를 합니다.

　사실 보기에는 근사해도 마차를 타고 동네 한 바퀴를 도는 동안 마차에서 나는 말똥 냄새는 그리 유쾌하지는 않았습니다. 지나가는 길 옆에 주차한 깨끗한 자동차에 계속 눈이 갑니다.

　　조용하고 한가한 미하스의 분위기와 달리 이곳 기념품 가게는
요란합니다. 외벽에 온통 도자기 상품들이 빽빽하게 진열되어 있
습니다. 십자가부터 꽃병까지 도자기 작품이 다양합니다. 꽃병에
꽂힌 꽃들을 보다가 우리나라 공원묘지 입구에서 파는 화려한 색
깔의 조화들이 생각납니다. 당나귀가 유명한 지역답게 가게 입구
에는 새끼 당나귀 조형물이 가게를 지키고 서 있습니다.

　한 수도사가 17세기에 바위 위에 성모상을 모셨습니다. 그리고 동굴에는 천연 동굴로 만들어진 성당을 지었습니다. 천연 동굴 성당이 미하스의 명소가 되었습니다. 후대에 돌로 종탑까지 지어 자그마하지만 아담하고 완벽한 모양의 성당이 되었습니다.

　대도시의 어마어마한 대형 성당만 보다가 이 작은 성당을 보니 진짜 예배드리고 기도드리고 싶은 마음이 생깁니다. 대도시 성당은 기도처라기보다는 관광 명소 같은 느낌이 강하니까요. 볼거리가 너무 많고 화려하여, 그 크기에 사람들을 주눅 들게 만듭니다.

미하스 마을은 지대가 높아서 당나귀로 물건과 사람을 수송했다 합니다. 그래서 미하스에서 당나귀가 유명합니다. 당나귀 동상도 있습니다. 마침 시내를 여러 당나귀를 앞세우고 당나귀 택시들이 지나갑니다. 당나귀들에게는 알록달록한 치장을 하였습니다. 무슨 행사인지 몰라도 당나귀들을 위한 행사 같습니다. 당나귀 택시를 모는 마차가 조금 볼품이 없어, 백마가 모는 근사한 마차를 잘 타 보았다는 생각이 들었습니다.

" El pueblo de Mijas en agradecimiento a

D. Julián Nuñez Andreu

precursor del Burro-Taxi "

Mijas, 18 de Septiembre de 2?

미하스 안내센터의 하얀 벽에는 세계지도가 파란 별처럼 수놓아 있습니다. 그 옆에 있는 커다란 돌 위에 안내판이 있습니다. 스페인어라 뜻을 정확하게는 모르겠지만 미하스에서 유명한 당나귀 택시 광고판인 모양입니다. 아마도 세계 어디에도 미하스 같은 당나귀 택시 광고판은 없을 것 같습니다.

스페인 남부 항구도시 말라가Malaga에는 피카소 생가가 있습니다. 피카소는 14세가 되던 해 바르셀로나로 이사를 합니다. 프랑스 파리에서 주로 작품활동을 하다가 91세로 남부 프랑스 프로방스의 무쟁에서 생을 마감합니다.

말라가 피카소 생가 앞 벤치에는 피카소의 전신 조각상이 있습니다. 피카소가 펜과 노트를 들고 벤치에 앉아 있습니다. 우리 부부도 피카소를 가운데 두고 벤치에 앉아 기념촬영을 하였습니다. 그리고 피카소의 상반신만 촬영하여 보았습니다. 그의 이마와 코가 많은 사람들이 만져서 반들반들합니다. 조각이지만 얼굴에 나타난 세기의 화가의 깊은 고뇌를 보고 느끼고 싶었습니다.

　피카소의 생가는 일반 주거용으로 사용됩니다. 아파트 1층에
는 레스토랑이 여럿 있습니다. 그 사이로 난 문을 통하여 생가로
들어갈 수 있습니다. 인류의 사랑을 받는 대가의 생가 입구치고는
너무 평범합니다. 그러나 피카소를 사랑하는 전 세계 사람들이 꼭
들러 보고 싶은 곳입니다.

　알람브라 Alhambra 는 아랍어로 '붉은 성'을 뜻합니다. 붉은 철을
함유한 흙으로 지어져서 성벽이 붉게 보이기 때문에 붙여진 이름
입니다. 스페인 그라나다의 해발 740m 구릉에 세워진 궁전은 나
스르 왕조의 무하마드 1세가 군사요새로 지었다가 이슬람 왕실의
거처로 사용되었습니다. 14세기에 유수프 1세와 그 아들 무하마
드 5세 때 완공을 보게 됩니다. 알람브라 궁전은 1492년 그리스도
교도의 국토회복운동에 의하여 이슬람 국가 그라나다가 함락되
어 함께 사라질 운명이었으나 이슬람 문명을 사랑하는 스페인의

이사벨 1세 여왕과 남편 페르난도 2세 국왕 부부가 궁전으로 사용하면서 기적적으로 살아남았습니다.

무어인 출신 시인들은 이 궁전을 '에메랄드 속의 진주'라고 표현하였습니다. 알람브라 궁전은 무어 예술의 극치를 가장 잘 표현한 곳으로 남아 있습니다. 무어와 스페인 미술을 결합한 형태로, 아랍 계열 인종의 거주가 막바지에 치달을 무렵이라서 알람브라 궁전은 안달루시아 지방 미술의 절정기를 장식합니다. 프란시스코 타레가 Francisco Tárrega 작곡의 기타 곡 〈알람브라 궁전의 추억〉을 나르시소 예페스 Narciso Yepes의 연주로 들으면 듣는 이들의 마음을 애잔하게 만듭니다.

외할머니 이사벨 여왕의 왕권을 물려받은 카를로스 1세는 르네상스 양식으로 궁전의 건축양식을 수정하였고, 펠리페 5세는 이탈리아식으로 바꾸었지만 무어인의 양식을 거부한 것이 아니라 좀 더 완성도를 가미하였습니다. 유럽과 중동의 이슬람 문화가 알람브라 궁전에서 융합되어 인류의 보고로 자리 잡게 된 연유가 이렇답니다.

스페인 왕 카를로스 5세 궁전은 스페인 르네상스를 대표하는 건축물로 꼽힙니다. 일정한 간격으로 세워진 기둥들은 콜로네이드 양식으로 1층은 간결하고 육중한 느낌으로 남성성을 드러내는 도리아식, 2층은 부드럽고 유연한 선을 사용해 여성성을 상징하는 이오니아식으로 지어졌습니다. 1층에 박혀 있는 쇠말뚝의 용도는 무엇이었을까요. 말을 잡아매는 용도로 쓰였다고도 생각하여 보지만 왕궁 벽에 말을 매어 두는 것은 불경스러운 짓이겠지요. 데코레이션으로 만들었다고 혼자 생각하였습니다. 필자처럼 궁금하여 사진 촬영에 열심인 남녀가 눈에 들어옵니다.

　알카사바 Alcazaba 는 알람브라 궁전의 가장 오래된 건축물입니다. 24개의 망루와 숙소, 창고 등이 있으며 전성기에는 4만 명이 거주한 것으로 알려져 있습니다.

　알카사바 전망대에 관광객이 가득합니다. 전망대 앞에 펼쳐진 오늘날 집들도 볼거리를 제공합니다. 이렇게 옛 것과 지금 것이 조화를 이루면서 관광객의 눈을 즐겁게 합니다.

코마레스 궁 안에 있는 '대사의 방'은 외국 사절을 접견하는 장소입니다. '대사의 방' 내부는 천장이 높고 공간도 넓을 뿐 아니라 호화롭게 장식이 되어 있습니다. 유수프 1세가 외국 사절에게 자신의 위엄을 과시하려고 화려하게 지었다 합니다. 지금 보아도 왕의 위엄이 너무나 강하게 엄습하여 숨을 멈추게 됩니다. 정말로 화려의 극치를 보여 줍니다. 이슬람의 정교한 건축술에 감탄을 하지 않을 수가 없습니다.

알람브라 궁전은 거대한 정원입니다. 나스르 궁전을 가는 길에 이렇게 잘 정돈된 정원을 지나갑니다. 나무를 직사각형으로 잘라서 마치 조각을 한 것 같습니다. 저런 작품을 만드는 정원사들의 솜씨가 놀랍습니다.

세비야Sevilla의 스페인 광장은 1929년 이베로 아메리칸 전시회를 위해 만들어진 광장입니다. 스페인의 대표적인 광장이 세 곳인데 마드리드 광장, 바르셀로나 스페인 광장, 세비야의 스페인 광장입니다. 세비야는 마드리드, 바르셀로나, 발렌시아 다음으로 스페인에서 네 번째로 큰 도시입니다. 세비야 스페인 광장은 정말 드넓습니다. 입구도 여러 곳이라서 들어서는 관광객들도 나갈 문을 찾지 못하여 어리둥절합니다. 마차를 타고 지나가는 관광객들도 있습니다. 배우 김태희가 등장해 LG 광고를 찍어 알려진 곳이기도 합니다.

　기념품 가게들이 즐비한 좁은 골목길을 지나니 세비야 대성당
이 나타납니다. 세비야 대성당은 15세기에 건설되었으며 이전에
는 세비야 모스크가 있던 자리에 세워졌습니다. 이 대성당은 세계
에서 열 번째로 큰 성당이며, 세계에서 가장 큰 고딕 대성당 중 하
나입니다. 유네스코 세계유산이며 특히 관광객들에게는 콜럼버
스의 유해가 안치된 성당으로 유명합니다.

　스페인을 여행하면서 수많은 유네스코 세계유산들을 볼 기회
가 많습니다. 너무 많아 일일이 열거할 수도 없습니다. 오히려 유
네스코 세계유산이 아닌 것을 찾기가 더 어렵습니다. 과거 스페인
의 영광을 짐작할 수 있습니다.

세비야 대성당에는 스페인의 영웅 콜럼버스가 안치되어 있습니다. 옛 스페인 4대 왕국인 레온, 카스티야, 나바라, 아라곤을 상징하는 왕들의 조각상이 콜럼버스의 관을 메고 있습니다. 이탈리아 제노바 사람인 콜럼버스는 마르코 폴로의 영향을 받아, 동쪽인 지중해를 점거하고 있는 이슬람을 거치지 않고 서쪽으로 항해하면 중국과 인도에 닿을 수 있으리라고 믿었습니다. 항해를 위해 여러 나라 왕들에게 지원을 요청하던 콜럼버스는 스페인 이사벨 1세 여왕의 후원으로 서쪽 항해의 뜻을 이룰 수 있었습니다. 빅토르 위고의 말대로 '콜럼버스의 가장 위대한 업적은 목적지에 이르렀다는 것이 아니라 목적지를 향해 닻을 올렸다는 것'입니다.

　옛 스페인 이슬람교의 중심지였던 코르도바Cordoba 입니다. 세계에서 세 번째로 큰 이슬람교 사원이었던 메스키타Mezquita가 있습니다. '메스키타 대성당' 또는 '메스키타 회교 사원'으로 불리기도 합니다. 메스키타는 스페인어로 '모스크'를 뜻한답니다. 코르도바를 방문하는 이유는 바로 이 메스키타를 가기 위해서입니다.

　8세기 이슬람이 지은 모스크는 12세기에 들어와서 성당으로 개조됩니다. 로마, 고딕, 비잔틴, 시리아, 페르시아 요소가 혼합되어 있습니다. 성당의 내부에는 850여 개의 원주 기둥이 천장을 받치고 있어 아름다움을 더해 줍니다. 서구 유럽의 로마네스크와 기독교 양식 그리고 이슬람의 비잔틴 양식과 페르시아 양식이 혼합된 역사적 건물을 볼 수 있습니다.

메스키타 사원에는 천 개가 넘는 석주가 있었으나 현재 856개
가 남아 천장을 받치고 있습니다. 기둥의 모습은 기존 모스크 사
원의 모습과 판이하게 다릅니다. 짧은 시간에 이슬람교 사원을 지
으려고 주변 그리스 양식 건축물에서 기둥을 뽑아 사용하여 그리
스 양식의 이오니아, 도리아, 코린트식이 혼합되어 보입니다. 이
중의 아치를 만들어 견고함을 더했고, 흰색은 대리석이고 붉은색
은 벽돌로 만들어졌습니다. 856개의 기둥이 환상적인 모습을 보
여 주고 있습니다.

메스키타 회교 사원은 이슬람교와 기독교 건축 양식의 혼합을
잘 보여 주고 있습니다. 기독교에서는 성경의 내용이나 성인들의
일생을 조각으로 새겨 넣습니다. 그러나 이슬람교는 인물이나 동
물들을 조각하는 것을 금기시하고 있습니다. 이러한 건축 철학이
극명하게 다르면서 어떤 장소에서는 혼합 양식을 보여 줍니다. 건
축의 면에서 보면 극단보다는 혼합이 중요한 것 같습니다.

성당은 건물 중앙에 위치하고 이슬람교 사원은 성당 옆에 위치
합니다. 이슬람교 사원을 부수려다가 존치시키며 성당을 중앙에
위치시켰다 합니다. 공존의 철학입니다.

탑이 세 종류입니다. 메스키타 대성당의 탑과 야자수 줄기와
정원수의 꼭지가 서로 하늘을 향해 기세를 뽐냅니다. 구름 한 점
없는 청명한 하늘에 대놓고 하늘에 닿고 싶다고 소리를 지르는 것
같아요.

우리나라에서 비빔밥 하면 전주를 떠올리듯이 놀랍게도 스페인 음식의 본고장은 코르도바라 합니다. 코르도바는 스페인의 전주에 해당합니다. 코르도바가 미식의 도시인 줄은 처음 알았습니다. 스페인 요리를 배우고 싶은 분들은 한번 방문하여 보십시오. 시내에는 지중해 음식을 파는 노상 레스토랑마다 사람들이 가득합니다.

통나무 테이블은 보는 사람에게 푸근한 안식을 선사합니다. 문득 학생 때 신촌 역전 앞에 연탄불을 넣은 동그란 양철 고기구이 테이블이 떠오르며 막걸리 생각이 납니다. 여기 통나무 식당은 고급 레스토랑은 아닐지라도 미식의 도시답게 근사한 지중해 요리 그리고 스페인 와인, 마지막으로 진한 에스프레소가 서빙되겠지요. 단체여행의 비애는 머리로만 상상하고 실제로 혀로는 느끼지 못하는 것입니다.

길에 박힌 돌들 모양을 보세요. 오랜 세월 보수를 하다 보니 돌들 모양이 각양각색입니다. 한 번에 다 들어내고 보수를 하는 것이 아니라 그때그때 보수를 해서 가용한 돌들이 모두 달라진 것 같아요. 기능을 위하여 보수한 것이 아니라 가용한 재료가 길 모양을 정하여 버렸습니다. 그야말로 돌의 역사입니다.

촬영하는 제 그림자와 앞길을 가는 여행객의 발을 넣어 머리와 발을 연결하여 보았습니다. 제 머리에는 작열하는 스페인 태양을 피하기 위하여 기념품 가게에서 산 밀짚모자가 얹혀 있습니다. 이곳 스페인 사람들은 골다공증을 염려할 필요가 없을 것 같아요. 태양빛이 피부에서 비타민 D를 열심히 활성화시켜 줄 터이니까요.

　노벨연구소 선정 최고의 책《돈키호테 Don Quijote 》는 세르반테스가 1605년 출판한 소설로서 전 세계를 대표하는 고전 중에 하나입니다. 코르도바 근처의 푸에르토 라피세 Puerto Lápice 라는 작고 소박한 마을의 카페, '벤타 델 키호테 Venta del Quijote'입니다. 지금은 카페와 레스토랑으로 변했지만 이 집이 세르반테스가 머물렀다는 여관이란 이유로 유명하여졌습니다. 세르반테스 덕에 이곳은 관광지로 400년 넘게 잘 먹고 살게 됩니다.

　소설에서 돈키호테는 이 작은 마을에서 기사 서품식을 받고 대장정을 시작합니다. 돈키호테의 동상을 보면 그 표현이 완벽하다는 것을 깨닫게 됩니다. 갑옷을 벗어젖히고 뻣뻣한 빗자루같이 깡마른 돈키호테가 지키는 이 작은 시골 마을 카페와 레스토랑에 손님이 많습니다.

　《돈키호테》는 허구가 주제인 소설 중에 최고봉입니다. 돈은 존칭이며 우두머리를 부를 때 사용하기 때문에 '돈 키호테'라고 쓰는 것이 정확한 표현입니다. 기사도 소설을 너무 많이 읽은 나머지 그만 머리가 돌아 판지로 만든 갑옷을 입고 늙고 병든 말, 애마 로시난테, 그리고 순진한 산초 판사와 함께 모험을 찾아 떠납니다. 소설이 워낙 길어 끝까지 읽기는 쉽지 않습니다. 결말은 고향 마을 라만차의 학자가 기사로 위장하여 결투를 신청한 끝에 패배한 돈키호테를 고향 마을로 귀환시킵니다. 돈키호테는 죽기 전에 지금까지 보였던 이상한 행동 대신 매우 정상적인 행동을 하며 죽음을 두려워하지 않고 체념의 상태로 쓸쓸히 눈을 감습니다.

세르반테스의 《돈키호테》는 초판부터 폭발적인 인기를 누려 지금까지 5억 부 이상이 팔린 것으로 추정되어 성경 다음으로 많이 팔렸다고 인정되고 있습니다. 세르반테스가 죽고 난 뒤 독일에서 돈키호테를 세상을 바꾸고 싶어 했던 인물이며, 구원의 메시지를 지닌 인물로 평가하기 시작하였습니다. 세르반테스가 전하고 싶어 했던 진정한 메시지가 독일 낭만주의에 의해 실현된 것입니다.

푸에르토 라피세의 작은 카페 옆에는 돈키호테 박물관이 있습니다. 박물관은 한산해서 장의자에도 사람이 없습니다. 갑옷 입은 돈키호테가 외로이 박물관을 지키고 있습니다.

박물관 옆에는 기념품을 파는 공간도 있습니다. 말에 앉은 돈키호테 기념품에 25 내지 35유로의 가격표가 붙어 있습니다. 그리고 기념 CD도 있고 돈키호테의 인물 조각도 진열되어 있습니다. 사실 이곳 라피세뿐만 아니라 스페인 전역의 기념품점에서는 대개 돈키호테에 관한 기념품들을 보게 됩니다. 스페인은 관광 분야에서 돈키호테라는 과거의 거물 때문에 나라 살림에도 큰 도움을 받고 있습니다.

　　라피세의 카페는 스페인 라만차 지방의 전형적인 시골 농가 풍경입니다. 스페인의 상징인 흰색 벽과 흰 굴뚝 그리고 붉은 황색 기와가 보기 좋습니다. 마차가 진짜로 방금 일을 마치고 돌아온 듯합니다. 많이 긁히고 낡았으며 마차 안에는 잊고 간 물건도 있습니다. 항아리도 보이고 농기구도 보입니다. 작열하는 태양 아래에서 더욱 빛을 발하는 흰 벽과 황토색 기와를 품은 농가는 평화 그 자체입니다.

　벽에 부착된 세 개의 종이 나란히 댕 댕 댕 합니다. 흰 벽에 비친 종들의 그림자가 정겹게 쌍을 이루어 외롭지 않습니다. 정말로 태양빛이 작열한다는 표현이 어울립니다. 종에 뚫린 구멍이 벽의 그림자로 선명하게 나타납니다. 미세먼지 공해 없는 스페인의 자연이 축복 중의 축복입니다.

　어느 여행가가 쓴 기행문을 보면 이곳 라피세에서 커피를 꼭 들어 보라는 글이 있습니다. 기나긴 여정에 지친 몸과 마음을 카페인으로 달래 줄 뿐 아니라 맛이 좋다고 권유한 글입니다. 그런데 웬 네스카페를 파는 광고판입니까. 네스카페의 원두를 쓰는지 아니면 이곳에서 재배한 원두를 사용하는지는 알 수 없지만, 이 동네를 네스카페가 눈독을 들이는 것을 보면 정말 커피가 유명한 모양입니다.

　밭을 가는 쇠스랑과 삽이 항아리 안에 놓여 있습니다. 농부들이 손님이 되어 카페를 자주 들를 것 같지는 않으니, 커피와 농기구의 부조화의 조화입니다.

　산티아고 순례길은 프랑스의 남부 국경마을 생 장 피에 드 포
르 Saint-Jean-Pied-de-Port 에서 시작해서 스페인의 수호성인 성 야고
보의 무덤이 있는 스페인 북서쪽 도시 산티아고 데 콤포스텔
라 Santiago de Compostela 로 향하는 길로, 약 800km에 이릅니다. 산티
아고 순례길에는 조개껍데기를 닮은 독특한 길표시가 되어 있습
니다. 마치 우리나라 올레길도 표시판이 있는 것처럼 말입니다.

사실 제주 올레길을 시작한 서명숙 이사장도 산티아고 순례길을
걸은 후 고향 제주에서 올레길을 시작하였습니다.

스페인 여행 중에 산티아고 순례길을 지나가는 길과 스치는 기
회가 있었습니다. 그 유명한 순례길 표시판을 걷던 길에서 발견합
니다. 너무 알려져 많은 기념품에 쓰이고 있는 저 표시판을 밟고
지나간 사람들이 얼마나 많을까요.

　세고비아Segovia 알카사르 궁전은 스페인에서 가장 아름다운 성
으로 불리지만 수많은 전쟁을 치른 요새로 사용되기도 하였습니
다. 높이 80m의 망루와 궁전 등이 자리 잡고 있습니다. 월트 디즈
니의 〈백설공주〉에 나오는 성의 모델이 되었다 하여 '백설공주의
성'이라고 불리기도 합니다. 어릴 때 보고 너무 좋아했던 백설공
주를 이곳에서 볼 수 있지 않을까 하는 꿈을 가지고 방문하는 사
람도 있을 법합니다.

알카사르 궁전의 각 방마다 중세시대의 갑옷과 무기들, 특히 대포까지 볼 수 있습니다. 갑옷을 보면서 얼마나 무겁고 행동하기가 부자연스러웠을까 하는 생각이 듭니다. 예전의 전쟁이 지금보다 각 개인에게는 훨씬 힘들었음에는 틀림이 없는 것 같습니다. 일대일 대면하여 칼이나 창을 휘두르는 것이 정신의학적으로도 큰 고통이었겠지요. 알카사르는 확실하게 전쟁으로 쓰였던 요새임이 분명합니다. 중세나 현대의 지도자 중에서 자신의 욕심으로 전쟁을 일으켜서 죄 없는 수많은 민중을 죽게 한 지도자들은 이런 개인들의 고통을 알고나 있었을까요?

세고비아의 명물 로마교입니다. 화강암으로 건설된 수도교 aqueduct는 로마 시대의 토목공학 기술을 보여 주는 가장 뛰어난 유적 중의 하나입니다. 2천 년의 역사를 지닌 이 다리는 16km나 떨어진 프리오 강에서 세고비아 시에 물을 운반하려고 만든 다리입니다. 두 단으로 지어진 다리는 1%의 경사를 이용하여 물을 목적지까지 운반합니다. 전체 길이가 728m, 최고 높이 약 30m이며,

폭 1.6m에 깊이 1.5m의 수로로 운반되는 물은 주로 알카사르에서 사용되었습니다.

　36개의 아치가 잘 복원되어 있습니다. 아치 구멍으로 햇살이 비치면 36개나 되는 둥근 아치 그림자가 광장에 일렬로 섭니다. 이 또한 장관입니다.

길을 걷다가 이런 주막을 발견합니다. 달리는 주막입니다. 웃통을 벗은 세 명의 상반신이 눈을 끕니다. 두 명은 머리마저 삭발을 하여 더욱 눈에 띕니다. 정말 시원하고 술맛이 최고겠지요. 발밑에 페달이 있는 것으로 보아 페달을 돌리는 것이 동력 같습니다. 쉬고 싶은 장소에서 페달을 놓으면 그냥 정지합니다.

붉은 신호등이라 잠시 걸음을 멈춘 사이 주막 바이크가 지나갑니다. 젊음을 즐기는 모습이 부럽기도 하지만 보기에는 조금 불편하기도 합니다. 최근 인사동을 걷다가 페달로 움직이는 관광 바이크를 발견하였습니다. 물론 주막은 아니고요. 술잔 대신 관광객들 머리 위에 안전모가 씌워져 있었습니다.

　스페인 음식을 대표하는 요리로 코치니요 아사도 Cochinillo Asado
가 있습니다. 세고비아에서 시작된 이 요리는 생후 2~3주 된 새끼
돼지를 통째로 화덕에 넣어 구운 음식입니다. 구운 새끼 돼지 고
기를 칼이 아닌 접시로 자릅니다. 그만큼 연한 육질입니다. 자르
고 난 접시는 바닥에 큰 소리가 날 정도로 내동댕이를 쳐서 깨뜨
려 버립니다. 접시를 깨뜨리는 것은 액운을 없앤다고 하는 의식입
니다. 셰프 손에서 수많은 접시가 깨어져 나갑니다.

　별미인 새끼 돼지 요리를 보면서 미국에서 연수 시절 사용하였
던 실험용 새끼 돼지가 자꾸 떠오릅니다.

　세고비아 시내에서 바구니를 파는 가게를 발견하였습니다. 전
라남도 담양의 대나무 바구니 파는 가게 같습니다. 재료가 대나무
가 아닌 것이 다릅니다. 어쩌면 우리가 흔히 보던 각종 바구니가
여기에 다 있습니다. 동서양의 여인네들의 취향이 아주 비슷한 듯
합니다.

기회만 되면 셔터를 누른
스페인

오래전 학회를 참석하려고 스페인 마드리드를 들렀습니다. 학회 짬새에 마드리드 근교 톨레도를 방문하였습니다. 마음 먹고 관광하러 들른 것이 아니라 별 생각 없이 둘러보기 위해 잠깐 다녀왔습니다. 그 톨레도가 오랫동안 뇌리에 남아 있는 것입니다. 정년퇴직 후 제일 먼저 방문하고 싶었던 곳이 스페인이었습니다. 톨레도를 꼭 제대로 보고 싶었습니다.

스페인을 여행하는 가장 쉬운 방법이 단체여행입니다. 포르투갈을 여정에 넣지 않는 단독 스페인만을 가는 단체여행을 택하였지요. 너무 여러 곳을 다녀도 나중에는 헷갈려서 거기가 거기 같기 때문에 포르투갈은 빼고 스페인 한 곳만을 가기로 하였습니다.

첫 방문지 바르셀로나! 말로만 듣던 가우디의 고향입니다. '직선은 인간의 선이고, 곡선은 신의 선이다.' 가우디의 명언입니다. 가우디의 놀이터 구엘 공원, 140여 년째 건축 중인 가우디의 사그라다 파밀리아 성당이 가우디의 철학을 극명하게 보여 줍니다. 가우디는 천재 중의 천재입니다. 가우디의 작품은 말로 설명할 길이 없습니다. 백문이 불여일견, 꼭 한번 보셔야 합니다.

스페인 북쪽 카탈루냐의 주도 바르셀로나에서 남쪽으로 안달루시아의 주도 세비야까지 약 1,000km를 내려옵니다. 스페인 남쪽을 여행하면서 이렇게 이질적인 문화가 공존하는 나라가 있구나 하고 놀라게 됩니다. 우리나라 전라도와 경상도의 차이는 차이도 아닙니다. 바르셀로나를 중심으로 왜 북쪽 주민들이 카탈루냐의 독립을 원하는지 조금은 이해도 됩니다. 북쪽의 유럽 문명과 남쪽의 이슬람 문화의 충돌입니다. 그러나 충돌이라기보다는 스페인 사람들의 포용의 문화, 공존의 문화를 보게 됩니다. 특히 스페인 남쪽이 더욱 그렇습니다.

　남쪽의 소도시 론다, 미하스, 그리고 말라가, 그라나다, 코르도바, 세고비아, 라피세 등 여러 곳을 여행하고 나니 정말 도시 이름도 가물가물할 정도로 기억이 흐릿합니다. 이번에 사진을 정리하려고 옛날 스페인 파일을 열었더니 방문 도시별로 사진이 정리되어 있었습니다. 얼마나 반갑고 힘을 얻었는지요. 도시별 구별 없이 사진을 저장했다면 상당히 애를 먹었을 겁니다. 정리를 해놓은 제 자신에게 감사를 하였습니다.

　정말 '왔소 보았소 찍었소' 빨리빨리 여행이었지만 가는 곳마다 기회만 되면 열심히 셔터를 눌렀습니다. 너무 찍고 싶은 장면이 많고 돌아다닌 도시가 많아 어느 곳보다 사진이 많았습니다. 지역마다 문화가 너무 다르고 잠깐 머물기에는 아쉬운 곳이 스페인입니다. 어디를 가는지도 모르고 따라나선 단체여행이라 하더라도, 미리 가는 곳의 정보를 읽고 배운 다음 여행을 하고 싶습니다. 스페인은 그만한 투자를 할 만한 가치가 있는 곳입니다.

신화와 영화가
공존하는 곳
_ 시칠리아

Sicilia

시칠리아, 어디서 들어 본 이름인데 어딘지 생소합니다. 더군다나 몰타는 들어 본 적도 있는 것 같고 없는 것 같고 더 가물가물합니다. 정년퇴직 전까지는 해외는 주로 학회 때문에 다녀왔으니 그럴 만하지요. 퇴직 후 시간적 여유가 있으니 어디라도 가고 싶은 시기였습니다. 이미 잘 아는 동창 부부들과의 여행이라서 단숨에 참가 신청을 하였습니다.

이탈리아의 자치 주인 시칠리아Sicilia 섬의 주도 팔레르모Palermo 는 2,700년의 역사를 가진 유서 깊은 도시입니다. 시칠리아는 지중해 최대의 섬이며 제주도의 14배 크기의 섬입니다. 페니키아의 식민도시, 카르타고의 요새였고 동로마제국의 지배를 받았습니다. 9세기 아랍인들의 침략으로 토후국으로 존재하다가 11세기 노르만족의 지배를 받았고 시칠리아 왕국의 첫 수도가 되었습니다. 지배하는 역사에 따라 이슬람, 노르만 양식의 건물이 많으며 로마네스크, 고딕, 바로크 양식의 교회와 궁전이 있어 범세계적 문화를 창조하여 세계인을 매료시킵니다.

팔레르모 구도심의 중심 콰트로 칸티 Quattro Canti 는 큰 네 개의 거리가 만나는 광장입니다. 광장의 각 코너는 모두 층마다 시칠

리아를 지배한 네 명의 스페인 왕과 네 명의 성녀 조각상으로 화려하게 꾸며져 있습니다. 사거리도 예술작품으로 만드는 문화 대국입니다. 도시 중심 광장에 고대 조각으로 장식된 이곳이 세계의 관광객을 끌어모을 수밖에 없습니다. 박물관이 따로 없습니다. 도시 전체가 박물관입니다.

프레토리아 분수Fontana Pretoria 앞을 지나칩니다. 1554년 피렌체 출신 조각가 카밀리아니가 주로 그리스 신화에 나오는 48명의 그리스 신들을 대리석 조각으로 화려하게 꾸며 놓은 분수입니다. 처음에는 전부 나체였으나 시칠리아 사람들이 놀라서 비난을 퍼붓자 할 수 없이 일부 옷을 입혔다는 일화도 있습니다.

　시칠리아 아그리젠토Agrigento '신전의 계곡Valle dei Templi'을 찾아
가는 길입니다. 건물 앞에 서 있는 나무가 요상합니다. 위꼭지를
풀어헤치고 밑둥치는 이발을 단정하게 하였습니다. 나무 끝을 단
정하게 첨탑 모양의 꼭지만 남긴 나무가 꼭지를 산발한 나무와 대
조를 이룹니다. 정원사가 한층 멋을 부렸습니다.

아그리젠토 신전의 계곡에 지천으로 널려 있는 것이 올리브나무입니다. 올리브나무 밑에 양이 두 마리 한가롭게 놀고 있습니다. 주인은 저 멀리 보이는 마을에 사는 것일까요. 왜 양을 여기다 모서 놓았는지 궁금합니다. 멋진 뿔, 꼬불꼬불한 뿔이 특이합니다. 뿔이 왜 저렇게 꼬였을까요. 여행을 다니다 보면 의문도 많이 생기지만 한 번도 명쾌한 답을 얻은 적이 없습니다.

시칠리아의 아그리젠토 신전의 계곡입니다. 기원전 582년 그리스 식민지가 되면서 지어진 7개 신전이 발굴된, 전 세계에서 가장 큰 유적지입니다. 고대 그리스 신전들이 원형대로 잘 보존되어 1997년 유네스코 세계문화유산으로 등록되었습니다.

그리스 신화 중에서 가장 위대한 헤라클레스 신전Tempio di Ercole입니다. 원래 총 38개의 기둥이 있었지만 지금은 8개의 기둥과 돌덩이들만 남아 있습니다. 이 신전의 계곡에서 가장 오래된 신전이라 합니다. 살아남은 원주들의 모양이 각색입니다. 저런 엄청난 돌들을 가져간 이유가 무엇일까요? 남아서 뒹구는 돌들은 알고 있을까요? 저 멀리 주민들의 거주지가 보입니다. 그들이 가져다 자신들의 집을 지으려고 쓰지는 않았을 것 같습니다. 방치되고 허물어진 이유는 잘 모릅니다. 서울의 인왕산 성벽도 왜 허물어졌는지 그 밑에 살고 있는 저도 모르니까요. 세월이 지나면서 조금씩 야금야금 무너져 갔겠지요.

신전의 돌기둥을 보면 추로스 생각이 갑자기 납니다. 모양이 비슷하잖아요. 딱딱한 돌이라서 이가 부러지겠죠.

고대 그리스 신전들 중에서 원형이 가장 잘 보존된 콘코르디아 신전Tempio della Concordia입니다. 6세기경 성당으로 개조해서 사용되었던 덕분입니다. 이곳 아그리젠토 그리스 신전들은 그리스가 몰락한 후에도 성당으로 계속되었고 전쟁을 겪지 않은 외딴곳이라 파괴도 없었으며 강대국들의 유적지 수탈도 당하지 않았다 합니다. 그런 연유로 해서 신전의 정면 모습이 유네스코 로고로 사용되었습니다. 자고로 눈에 띄지 않아야 살아남을 수 있는 것은 천하의 진리 같습니다. 너무 눈에 띄면 적이 생기고 하루아침에 없어질 수도 있습니다.

콘코르디아 신전 앞에 거대한 청동상이 누워 있습니다. 크기도 엄청납니다. 청동상의 주인은 그리스 신화에 나오는 이카로스Icaros입니다. 폴란드 작가가 현대적으로 해석하여 만든 작품입니다. 미궁에 갇혀 있던 이카로스는 아버지가 만들어 준 새 깃털과 밀랍으로 만든 날개를 달고 탈출을 하다가 너무 높이 올라가 태양열로 밀랍이 녹아 추락해 죽어 버립니다. 신화를 바탕으로 2011년도에 제작되어 이곳에 위치합니다.

정말 하늘에서 떨어진 것같이 보이지 않으세요?

아그리젠토 신전의 계곡에서 내려다본 길입니다. 저 가로지른 길을 보면서 언제 만들어졌는지는 모르겠지만 수많은 사람들이 오랜 세월 마차, 말, 자동차, 발길로 각종 사연을 가지고 걸었겠지 하고 생각을 하니 저절로 한 컷 찍을 생각이 들었습니다.

　시칠리아는 햇살이 강하게 내리쬐는 따뜻한 기후를 바탕으로 화산재의 독특한 테루아terroir를 살려 고품질의 와인을 생산합니다. 2000년 후반부터 잠재력을 알아본 투자자들이 막대한 투자를 하면서 고품질의 와인이 생산되고 있습니다.

　페우디 델 피시오토 Feudi del Pisciotto , 유기농 와인으로 유명한 곳입니다. 특히 명품 브랜드 베르사체와 협업해 만든 레드와인은 한정생산이라 더욱 유명하지요. 페우디 델 피시오토 와이너리가 운영하는 18세기 장원 영주의 저택manor house을 개조한 부티크 호텔에 일 박을 하는 행운을 누리게 되었습니다. 정말 일대의 호사였습니다.

투숙했던 방이 색다른 경험을 주어 한 컷 했습니다. 가구는 모두 수제 가구였고 벽은 특별한 마감재 없이 흙으로 마감되어 있었습니다. 사이드테이블에 비치된 등과 벽에 부착된 도자기 장식이 독특한 분위기를 만들어 줍니다. 저녁을 먹고 체크인 후 방에 들어서며 잠시 숨이 멎었습니다. 세상에 이런 호텔도 있구나! 감탄이 절로 나옵니다. 페우디 델 피시오토 와인 한 병이 기다리고 있었습니다.

호텔의 리셉션입니다. 일반 호텔에서는 경험하지 못한 리셉션 입니다. 고색창연한 고풍스런 곳입니다. 그냥 친절이 몸에 와 닿습니다. 서서 하는 체크인, 줄서서 하는 체크인이 아닙니다. 대접 받는 체크인이지요.

호텔 앞에 끝없이 펼쳐진 포도밭입니다. 포도 품종에 따라 잎이 나온 것도 있고, 잎을 준비 중인 것도 있습니다. 이곳 호텔은 룸과 식당 그리고 와인 생산공장, 포도밭이 일체가 되어 움직입니다.

체크아웃을 하며 친절하게도 포도주 저장시설과 생산공장을
안내받았습니다. 호텔과 연결된 와인 생산공장에서는 포도주 병
에 라벨을 부착하는 공정이 한창 진행 중입니다.

시칠리아 섬의 보석이라 불리는 타오르미나Taormina로 가는 길,
목적지인 타오르미나를 한번 올려봅니다. 외세의 침입을 막기 위
하여 절벽 위에 도시를 만들었습니다. 곧 타오르미나의 그리스 원
형극장을 볼 수 있다는 설레는 마음을 누르고 타오르미나로 천천
히 차를 움직입니다.

타오르미나 가는 길에 시칠리아 해변을 내려보며 한 컷 찍어
봅니다. 날씨가 흐려 구름이 나즈막하게 깔려 있어 운치를 더합니
다. 해변에만 몰려 있는 카페, 레스토랑들이 저녁 장사를 위하여
불을 밝히기 시작합니다. 낭만적 풍경입니다. 멀리 에트나Etna 산
은 구름에 가려 잠시 모습을 나타냅니다.

타오르미나 관광은 마을의 양쪽 끝에 있는 작은 성문에서부터
시작합니다. 저녁이 되니 상점들이 불을 밝히고 손님들을 기다립
니다. 4세기에 지어진 성문과 최신 유행 옷가게들의 쇼윈도가 수

천 년의 세월을 넘나듭니다. 옷의 유행은 한 해를 멀다 하고 수시로 바뀝니다. 길어졌다 짧아지고, 통이 넓어졌다 좁아지고, 이런 변화무쌍함과 영겁을 지나도 변치 않는 성문의 돌들이 상존합니다. 이런 것이 타오르미나의 매력입니다.

　　타오르미나 원형극장 Teatro Antico di Taormina 입니다. 지난 저녁에
는 늦어 입장을 못 하고 해가 뜬 후 다시 타오르미나를 찾아 그리
스 원형극장을 드디어 보게 되었습니다. 고대 그리스인들은 배를
타고 척박한 그리스 땅을 떠나 지중해 곳곳에 식민도시를 건설하
였습니다. 아그리젠토가 고대 그리스 신전으로 유명하다면, 타오

르미나는 고대 그리스 극장이 유명합니다.

타오르미나의 그리스 극장이 원형이 잘 보전되어 있는 이유는 타오르미나가 잦은 전쟁에도 불구하고 해발 250m의 높은 가파른 산자락에 위치하기 때문입니다. 푸른 이오니아해가 밑으로 펼쳐지고, 눈을 들면 눈 덮인 에트나 화산이 한눈에 들어옵니다.

타오르미나 근처 호텔의 로비입니다. 로비가 넓어서 운동장 같습니다. 벽에는 그리스 신화에나 나올 법한 부조들이 장식되어 있습니다. 로비 가운데에 풍요로운 여성 조각상이 전시되고 있습니다. 작가의 이름과 가격까지 적혀 있네요. 종류는 다르지만 고대, 현재를 막라한 많은 예술품을 접하게 됩니다. 꽃병도 예술입니다.

호텔에서 멀리 에트나 산이 보입니다. 산정을 덮은 눈과 야자
수가 대조를 이룹니다. 꼭대기 눈 덮인 설경이 궁금하여 에트나
산으로 향합니다.

에트나 산을 케이블카를 타고 오릅니다. 케이블카 종점에는 여기도 어김없이 카페가 있습니다. 막 만들어 내온 샐러드빵인지 핫도그인지 정말 먹음직스럽습니다. 뒤 진열장에는 프렌치프라이와 시칠리아의 고유한 고로케 아란치니 arancini가 식욕을 자극합니다. 시칠리아의 음식은 재료가 좋아서인지, 시칠리아 사람들이 음식 솜씨가 좋아서인지 어디에서 먹더라도 맛이 좋습니다.

시칠리아 에트나 산에 올랐습니다. 산에 오르는 여러 루트가 있는데 우리와 같은 시기에 오른 다른 팀들은 다른 루트로 올라 눈을 보지 못하였다 하는데 우리는 재수가 좋았습니다. 구름도 눈도 흰색입니다. 백설의 향연입니다. 쉬고 있는 리프트를 향해 가는 저분은 걸어서 어디를 가시는 걸까요. 피어오른 뭉게구름을 향해 가나 봅니다.

4월의 설경을 만끽하고 케이블카를 타고 내려오는 길에 에트나 산을 트레킹하는 사람들 그리고 스키를 타고 내려오는 사람들을 보았습니다. 케이블카 위에서 보는 순간의 경치보다 에트나 산을 음미하며 오르내리는 사람들이 존경스럽습니다.

영화 〈대부〉의 촬영 장소 사보카 Savoca 입니다. 기념품 가게에 말런 브랜도 티셔츠가 걸려 있습니다. 이 티셔츠를 보는 순간 영화 〈대부〉의 장면이 떠오릅니다. 알 파치노 결혼식에 말런 브랜도는 휠체어를 타고 참석합니다. 오래전 영화이지만 주제 음악이 들리는 것 같습니다. 젊은 시절 감명 깊은 영화는 세월이 지나도 항상 좋습니다.

　영화 〈대부〉에서 아버지 비토 코를레오네(말런 브랜도)를 죽이려 한 자를 복수한 셋째 아들 마이클(알 파치노)이 고향 시칠리아로 도망한 후 마을 처녀 아폴로니아와 결혼을 합니다. 결혼식 장면을 촬영한 시칠리아 사보카의 조그마한 성당, 성 니콜로 교회 Chiesa di San Nicolo 입니다.

　성당은 문이 잠겨 있어 들어갈 수가 없었습니다. 성당 앞에서 잠시 마이클과 아폴로니아의 결혼식 장면을 떠올립니다. 통상 이런 유명한 영화 촬영지라면 요란스런 홍보 광고판들이 도배를 하고 있겠지요. 그런데 놀랍게도 성당 안내판 밑에 식당 안내판 하나가 외로이 자리를 차지하고 있습니다. 안내판 위치로는 절묘합니다. 300m 밖 가까운 거리에 있다 하니 식당을 한번 찾아가 보실래요?

　영화를 보신 분들은 이 장면을 기억하실 겁니다. 알 파치노의
결혼식이 끝난 후 악대를 앞세운 신랑신부와 하객들 그리고 휠체
어에 앉은 말런 브랜도가 이 길을 무리 지어 내려가는 장면 말입
니다. 풍악을 울리면서 피로연장을 향하여 가는 긴 일행이 걸어
내려갑니다. 잊으셨으면 다시 한번 영화를 보세요.

마이클이 고향 처녀와 결혼식을 올린 성당에서 언덕길을 조금 내려오면 마이클의 장인 될 어른이 운영하는 식당 '바 비텔리Bar Vitelli'가 나옵니다. 영화에서 보면 마이클의 경호원 두 명이 장인 될 분한테 조금 전 보았던 처녀를 찾고 있다는 얘기를 합니다. 한참 재미있게 듣던 장인이 자기 딸 아폴로니아를 얘기한다는 것을 깨닫는 순간 태도가 돌변합니다. 놀랍게도 영화에서 보던 그 모습 그대로 아직 식당이 남아서 영업을 하고 있습니다. 심지어는 알 파치노가 앉아 있던 자리에 있던 'ITALA PILSEN' 간판이 그대로 걸려 있습니다.

우리 일행도 야외에 앉아 각자 음식을 주문합니다. 화장실을 다녀오다가 식당 내부에서 비로소 영화 〈대부〉의 사진들, 그리고 마이클과 경호원이 장인과 대화하는 장면들의 사진을 여럿 볼 수 있었습니다. 우리나라 같으면 식당 외부에 영화 촬영지라고 대문짝만 한 요란스런 광고 간판부터 있을 만한데 외부에는 전혀 그런 광고물이 없었습니다. 왼쪽 벽에 네 장의 사진이 걸려 있습니다. 위에 두 장은 결혼식 사진이고 밑에 두 장은 바로 비텔리 식당 주인인 장인과 마이클이 처음 만나 아폴로니아를 찾기 위해 질문을 하던 장면입니다.

주문한 시칠리아 시골의 토속음식을 맛본 후 또 다른 욕구가 생길 때입니다. 어디서 익숙한 냄새가 납니다. 라면 냄새입니다.

주인장께서 우리가 가지고 다니던 컵 신라면을 끓여 내오고 계십니다. 우리 일행 인솔자의 능력을 다시 한번 절감합니다. 시칠리아 대부 셋째 아들 마이클의 장인이 운영하던 식당에서 컵 신라면을 먹을 줄이야 누가 상상이나 했겠습니까.

영화 〈대부〉는 코폴라 감독의 작품입니다. 알 파치노가 고향 시칠리아 처녀와 결혼한 성당이 멀리 산중턱에 보입니다. 그리고 알 파치노가 장인이 될 식당 주인을 처음 만난 식당 앞마당에 코폴라 감독의 철제 입상이 서 있습니다. 지금도 〈대부〉를 촬영하고 있는 듯한 착각을 일으킵니다. 영화 〈마리 앙투아네트〉를 감독한 배우이자 영화감독인 소피아 코폴라는 코폴라 감독의 딸이기도 합니다. 부녀 감독인 셈이죠.

　비가 추적추적 오는 시라쿠사 Siracusa 해변을 돌아다니는데 거
리의 악사가 눈에 들어옵니다. 멋진 가로수 밑에 컬러풀한 의자에
소지품을 맡기고 열심히 트럼펫을 불고 있습니다. 옆에는 또 다른
관악기도 들고 있습니다. 연주 곡목이 다양한 것 같습니다. 가로

등에 불이 들어오면 더욱 센치해질 것 같습니다. 젊은 악사의 날
씬한 모습과 유행을 따른 복장이 아니라 할지라도 시라쿠사 도시
에 걸맞은 연주가입니다.

　　시칠리아 남쪽의 시라쿠사 항구입니다. 시라쿠사는 그리스인
들이 시칠리아 섬에서 제일 먼저 식민지로 세운 도시로, 기원전
5세기에는 아테네와 크기가 같았다 합니다. 신약 사도행전 28장
12절에 시라쿠사에 머문 사도 바울의 이야기가 있습니다. 로마
전도를 위하여 스스로 죄수가 되어 로마로 압송되어 가던 바울이
잠시 3일을 멈추었던 항구입니다. 항구에 서서 사도 바울 일행과
바울의 모습을 그려 봅니다.

페리를 타고 지중해의 섬나라인 몰타공화국에 있는 고조 Gozo
섬으로 향합니다. 고조 섬 앞바다에는 관광보트가 관광객을 한껏
태우고 신나게 달리고 있었습니다. 손님인지 선장인지 앞자리로
이동하면서 위험한 곡예를 하는 장면이 눈에 들어옵니다. 옷차림
이 아마도 선장인 것 같습니다. 숨을 죽이면서 보고 있는데 보트
안에서 날렵하게 잘도 움직입니다. 보트 뒤에 탄 손님들의 표정에
서도 아슬아슬하게 느끼는 감정들이 역력하게 전해 옵니다.

우리나라 제주의 돌담길, 인왕산의 성곽길, 그리고 몰타Malta의 성벽길. 모두 색깔이나 쌓는 방법, 두께, 높이들이 같은 것이 하나도 없어요. 고조 섬의 시타델Citadel은 16세기 해적의 침입으로부터 고조 섬을 보호하기 위해 쌓은 성입니다. 이슬람 지배 시 세운 견고한 성벽이 특징입니다. 성 안에는 궁전이 있고, 건물도 지어 주민이 살게 하였습니다.

시타델은 고조 섬의 주도 빅토리아의 가장 높은 언덕에 세워져 있습니다. 성벽에 오르면 고조 섬 전체가 보입니다. 성벽길을 걸으며 17세기에 몰타를 지배하였던 성 요한 기사단이 오스만 제국과 해적들의 침략으로부터 섬의 방어를 강화하기 위하여 더욱 견고하게 보강된 성벽을 쌓았던 땀과 노고를 새삼 떠올립니다.

고조 섬의 명물, 고조의 랜드마크 '아주르 윈도우 Azure Window'
가 사라졌습니다. 트립어드바이저 같은 사이트에서 뷰 포인트로
추천된 곳이었습니다. 아주르 윈도우는 아치형으로 돌출된 거대
한 두 바위 사이로 푸른 바다를 볼 수 있었던 곳입니다. 2017년 3월
8일, 높은 파도를 맞아 무너져 내려 영원히 사진으로만 남아 사람
들의 기억으로 사라져 버린 곳입니다.

일행이 방문한 날짜가 그해 4월 7일, 바로 한 달 전에 아주르 윈
도우가 지구상에서 없어졌습니다. 사진의 좌측 상단 끝에 있어야
할 거대한 바위가 무너져 내려 절벽 그 자체로만 남아 있는 모습
입니다. 그래도 여전히 많은 사람들이 찾아와 남겨진 절벽 위에서
아쉬움에 서성거리고 있습니다. 사람들의 크기를 보면 무너져 내
린 아주르 윈도우의 크기를 짐작하실 수 있을 것입니다. 사라진
아주르 윈도우를 보는 시각적 즐거움 대신, 옆 해변 바위 사이로
생성된 연못인 블루홀에서 스노클링과 다이빙을 육체적으로 즐
기고들 있습니다.

　지중해의 섬나라 몰타공화국 섬들의 색감은 라임스톤, 즉 빛 바랜 노란색 석회암입니다. 조개 껍데기, 생선 뼈다귀, 소라 껍데 기들이 굳어진 석회암 돌입니다. 구시가지 전체가 라임스톤으로 건축되어 색깔이 통일되어 있습니다.

　시타델의 골목길로 들어서면 바로 중세로 돌아간 듯한 느낌이 듭니다. 새로 깐 보도블록과 코발트블루의 파란 대문, 그리고 라 임스톤의 돌벽이, 외로이 돌출되어 있는 가로등과 함께 고대와 현 대의 멋진 조화를 보여 줍니다.

　시타델은 '작은 도시'라는 뜻입니다. 성채라고 불리는 소도시 거주지의 일부로서 요새입니다. 고대 그리스의 스파르타를 비롯한 도시국가에서부터 이런 형태의 방어시설이 나타납니다.

　성을 돌다 보니 갑자기 오래된 대포가 나타납니다. 우리나라 유적지에서는 대포를 본 기억이 없습니다. 몰타의 수도 발레타 Valletta에서도 여기저기 대포를 많이 보지만 다른 외국 유적지에서는 그리 흔히 보지 못했습니다. 외세에 시달리다 보니 자연스럽게 대포를 여러 곳에 배치한 것입니다. 평화를 지키려면 든든한 국방력이 우선되어야 합니다. 만고의 진리입니다.

지중해의 영국으로 불리는 유럽 대표 휴양지 몰타공화국은 수도 발레타가 위치한 제주도의 6분의 1가량 크기의 몰타 섬과 로컬 분위기가 가득한 고조 섬, 코미노 섬으로 이루어져 있습니다. 수도 발레타는 중세 기사단이 세운 성채도시라서 도시 전체가 유네스코 문화유산으로 지정되었고 단위면적당 세계 문화유산이 가장 많은 나라입니다. 몰타는 1530년부터 무려 268년 동안 성 요한 기사단의 통치를 받았습니다. 성 요한 기사단의 모든 군사유산을 전시한 박물관과 다름없습니다.

몰타 섬의 비토리오사Vittoriosa, 셍글레아Senglea, 코스피쿠아 Cospicua 세 도시를 흔히 쓰리시티라고 부릅니다. 쓰리시티 중 하나인 셍글레아의 가디올라 정원Gardjola Gardens 내 감시대에서 건너편 발레타가 바라보입니다. 육각형 모양의 감시탑에는 경계를 게을

리하지 말라고 정면에 두루미, 측면에 귀와 눈이 양각되어 있습니다. 듣고 보고 오감을 사용하여 감시를 잘하라는 뜻입니다.

생글레아 해변에 서 있는 조각상입니다. 어머니와 딸과 아들을 조각한 모습입니다. 표정에 공포가 스며들어 있습니다. 아마도 오랜 외세에 시달리고 전쟁을 겪은 몰타 사람들을 상징하는 세 모녀모자상인 것 같습니다. 다시는 공포의 세상이 아닌 평화의 세상에서 살고 싶은 염원이 잘 나타나 있습니다.

아직도 세상 곳곳에서는 이런 모녀모자상 같은 전쟁의 공포에 노출되어 있는 아무 죄 없는 민간인들이 많습니다. 전쟁에 미친 전쟁광들이 아닌, 평화를 사랑하는 지도자들이 전 세계를 다스릴 날을 기다려 봅니다.

몰타의 대표적 관광지, 발레타의 어퍼 바라카 가든 Upper Barrakka
Gardens입니다. 12시 정오에 대포를 쏘는 퍼포먼스가 있습니다. 반
대편에 셍글레아 시가 마주 보이네요. 귀와 눈이 그려진 감시탑이
아주 잘 보입니다. 16세기 십자군 전쟁 때 성 요한 기사군이 오스
만 제국을 상대로 승리를 거둔 곳입니다. 쓰리시티는 성 요한 기
사단이 건설한 새로운 수도가 되어 그 후 십자군들의 병참기지 겸
휴식을 위한 장소로도 쓰였다 합니다.

요사이는 대포가 관광객을 위한 퍼포먼스로 쓰이지만 예전에
는 진짜 함대를 격침시켰겠지요. 평화의 시대인 지금은 화물선이
대포 앞을 평화롭게 유유하게 지나가고 있습니다.

　　몰타와 고조 지역 건물의 특징이 돌출되어 있는 베란다인 갈라리야gallarija입니다. 베란다에 색을 입혀 건물들의 개성을 살립니다. 벽을 쌓은 라임스톤과 다른 색깔로 덧입혀져 멋을 부린 베란다가 건물에 생동감을 줍니다. 자칫 잘못하면 촌스러울 수 있는 시도이지만 골라낸 색감들이 라임스톤의 색과 아주 잘 조화되어 건물 전체를 살립니다. 부럽습니다. 이런 것을 보면 우리 간판들의 요란한 보색의 색감이 떠오릅니다. 초등학생 때부터 미술 시간에 이런 색감 교육을 좀 더 강화하여 보색 대비 요란한 간판들이 사라졌으면 좋겠다 하는 생각이 듭니다.

　발레타 구시가지를 걷다 보니 이런 한가한 골목길로 접어들었습니다. 인파로 걷기조차 힘든 옆 길과 달리 비둘기 세 마리가 모이를 열심히 먹고 있을 정도로 한가합니다. 코카콜라가 새겨진 식당 안내판이 보이지만 티, 커피 정도는 알겠는데 나머지 음식 이름은 처음 보는 것들입니다. 사실 여행객은 모르는 음식을 먹으러 타향의 식당으로 쳐들어갈 용기를 내기가 쉽지 않습니다.

발레타 근교의 유리공에 장인 공방입니다. 한참 보고 있으려니 유리 작품이 하나씩 완성되어 나오는 것이 재미있고 신기합니다. 그런데 유리 재료의 높은 온도 때문에 무척 더울 것 같은데 이마에 땀 한 방울이 안 보입니다. 신기합니다. 선풍기 바람 때문일까요, 아니면 오랜 장인의 천직에 대한 적응 때문일까요?

유리 공방과 도자기 공방에 많은 관광객이 찾는 것 같습니다. 푸드트럭이 등장하였습니다. 푸드트럭 주인이 관광버스 기사분과 대화를 즐기고 있습니다. 주인의 인상과 달리 트럭은 참 예쁘게 꾸몄습니다. 아이스크림, 소프트드링크 등을 팔고 있는데 손님은 별로 없네요. 관광버스 기사나 푸드트럭 주인이 바쁜 표정들이 아닙니다. 인생을 너무 바쁘게 살아가는 우리들이 보면 부러운 장면들입니다. 푸드트럭에 그려진 예쁜 하드 아이스크림을 보고 달려올 아이들은 어디에 있나요?

　몰타의 옛 수도, 침묵의 도시 임디나 Mdina 입니다. 임디나를 걷는 것은 중세를 걷는 것입니다. 무려 3천 년 전부터 발레타가 건설될 때까지 몰타의 수도로 번영하였습니다. 임디나를 입장할 수 있는 총 네 개의 게이트 중 가장 화려한 것은 1724년 요한 기사단장에 의해 지어진 메인 게이트입니다.

　높은 언덕에 자리 잡은 대부분의 요새 도시가 그렇듯 임디나 역시 깊고 거대한 해자 뒤의 주 성문을 지나야 합니다. 일본의 도쿄 황궁으로 들어가려면 그리고 오사카 성을 들어가려면 모두 해자를 지나야 합니다. 동양과 서양을 막론하고 성을 지키려는 설계자의 아이디어는 똑같았다는 것이 신기합니다.

임디나를 지나가는 관문에 사도 바울이 뱀에 물리는 장면을 담은 조각이 있습니다. 사도 바울은 로마 선교를 위하여 스스로 죄수가 되어 이스라엘에서 로마까지 배로 이송됩니다. 이송 도중에 몰타에 상륙합니다. 불을 쬐던 중 튀어나온 독사에 물리지만, 몰타 사람들 예상대로 사망하지 않고 살아납니다. 몰타의 추장이었던 보블리오가 사도 바울 일행을 신으로 극진하게 대접하던 중에 사도 바울은 병에 걸린 보블리오의 아버지를 기도와 안수를 통하여 기적처럼 회생시킵니다. 소문을 듣고 몰려온 몰타 사람들을 치유하며 몰타 섬에서 3개월을 지냅니다. 바울에게 감화된 보블리오는 기독교를 받아들여 몰타의 초대 주교가 되었다는 이야기가 전해 옵니다.

임디나 정문을 지나 광장에 들어서면 12세기에 건립된 몰타 최초의 성당인 성 바울 대성당이 자리합니다. 로마로 향하던 사도 바울이 몰타에 난파당한 후 이곳에서 기적을 행하며 몰타인들에게 복음을 전파했고 이로 인하여 기독교의 중요 성지가 되었습니다. 바울이 행한 기적과 이곳에 머물며 행한 선교 활동은 신약성서 사도행전 28장에 자세하게 기록되어 있습니다. 성경에는 몰타가 멜리데 섬으로 기록되어 있습니다.

성 바울 대성당 내부 바닥에는 십자군 전쟁에 참여하여 목숨을 바친 기사들을 매장하고 그들 가문의 문양을 조각한 대리석들이 즐비합니다. 옆 건물은 박물관으로 쓰이고 있습니다. 주차된 자

동차 사이로 마차가 지나가며 현재와 고대가 혼재하는 장면을 연출합니다. 몰타의 구 수도 임디나의 대성당이 사도 바울에서 유래한 반면, 발레타의 대성당은 구호 기사단의 수호성자 세례 요한에서 유래하였기 때문에 성 요한 성당입니다.

예전 신학교 건물을 개조하여 사용하는 성 바울 대성당의 부속 박물관에서 전혀 예상하지 못했던 나무 조각작품을 접합니다. 돌

아가신 예수님과 성모 마리아의 표정과 인물 조각이 너무 생생합니다. 마치 앞에서 실물을 보는 것 같습니다. 너무 생생해서 보는 이에게 감동을 줍니다. 예수님의 고난의 얼굴을 보면서 예수님의 십자가 사망과 부활은 역사적 사실임을 다시 한번 깨닫습니다. 성서에서 글로만 읽을 때와 달리 신화가 아닌 실제 사건으로 다가옵니다.

성 바울 대성당 박물관에 예수님 상반신 조각품이 걸려 있습니다. 아마도 발굴하면서 깨어진 조각들을 잘 맞추어 놓았습니다. 여러 조각이 나 있지만 다행하게도 예수님의 왼팔은 보존이 잘 되어 있습니다. 그리고 십자가에서 못 박히신 손바닥도 잘 재현되어 있습니다. 작가가 누구인지는 모르겠지만 예수님의 얼굴 묘사가 압권입니다. 회화에서 보았던 십자가상의 예수님보다 리얼합니다. 돌을 이용하여 고통의 현장을 생생하게 재현하였습니다. 우리 죄를 대신하여 죄 없으신 예수님이 십자가에서 고초를 당하셨습니다.

　임디나의 입구에는 중세와 현대가 공존합니다. 관광을 위한 마차가 손님을 기다리고 있고, 옆에는 관광버스가 관광객을 실어 나릅니다. 버스는 이층버스로, 버스 내부의 매연을 피하여 2층 오픈 스페이스에서 신선한 공기를 마시며 구경하는 관광객들이 가득합니다. 마차는 황금색 차양을 달았고 의자는 은빛 의자입니다. 둘 모두 타 보고 싶습니다. 중세와 현대의 달구지가 공존하는 도시, 이것이 임디나의 매력입니다.

　집 벽을 온통 휘감은 가시덤불이 시선을 끕니다. 벽을 덮은 담쟁이는 흔히 보아도 가시나무는 처음 봅니다. 가로등이 곁들여져 장면을 풍요롭게 합니다. 가시덤불 사이로 모녀상이 나타납니다. 아마도 집주인이 관리하여 잘 보이도록 가시덤불을 제거한 듯합니다. 예쁜 석고조각과 가시덤불 그리고 가로등, 주목을 받기에 충분합니다. 독특합니다.

　몰타의 옛 수도 임디나와 십자군 기사단의 역사를 알려 주는 공연 입간판이 서 있습니다. 저 골목길을 따라 들어가면 천여 년 전 십자군들의 이야기가 현실로 다가오는 경험을 하게 되겠지요. 시간만 많으면 우리가 모르던 옛이야기 속으로 빠져 들어가 주인 공이 되고도 싶습니다.

　골목길이 모두 굽어져 있습니다. 임디나의 골목길을 거닐다 보면 미로에 갇힌 것 같은 폐쇄적인 느낌이 들곤 합니다. 이슬람 통치 당시 적들의 침략 시 앞을 제대로 볼 수 없게 만들었기 때문입니다. 그야말로 시가전을 할 때 적들이 시야를 확보하지 못하도록 골목을 굽어지게 만들어 화살을 피하기 위해서였답니다. 그냥 골목 안이 마구 궁금합니다. 그렇지만 가던 길을 재촉하여 가야 합니다. 갈 길 바쁜 나그네이니까요.

잊을 수 없는
시칠리아와 몰타

　의과대학 선배님 부부께서 우리 부부에게 시칠리아와 몰타 여행을 한번 같이 해보자고 권유를 하셨습니다. 시칠리아, 어디서 들어 본 이름인데 어딘지 생소합니다. 더군다나 몰타는 들어 본 적도 있는 것 같고 없는 것 같고 더 가물가물합니다. 정년퇴직 전까지는 해외는 주로 학회 때문에 다녀왔으니 그럴 만하지요. 학회 참석을 하여도 대개는 끝나면 바로 귀국하기가 일쑤였습니다. 퇴직 후 시간적 여유가 있으니 어디라도 가고 싶은 시기였습니다. 대학 동창들 부부 몇 커플과 여행을 안내할 우리 또래 부부가 함께하는 여행이었습니다. 이미 잘 아는 동창 부부들과의 여행이라서 단숨에 참가 신청을 하였습니다.

　시칠리아에서 평생 잊을 수 없는 하룻밤을 지낸 곳이 오래된 와이너리가 운영하는, 우리 일행만 투숙을 했던 고색창연한 아주 작은 부티크 호텔입니다. 세계 여러 나라 대도시에서 5성급 호텔도 투숙을 해보았지만 별로 기억에 남지 않습니다. 그 호텔이 그 호텔이니까요. 시골 동네 식당에서 저녁을 하고 호텔로 왔을 때 그 밤 풍경은 영원히 잊히질 않습니다. 5성급 호텔보다는 조금 불편은 하지만 침실 인테리어나 소박한 현지식 아침 뷔페 차림은 세상 그 어디에서도 경험하지 못한 신선한 충격이며 경험이었습니다.

시칠리아 타오르미나에는 그리스 원형극장이 있습니다. 우리가 방문할 때는 여기저기 공사들이 한창이었습니다. 귀국하여 언론을 통하여 우리가 방문하고 몇 주 후에 이곳 타오르미나 그리스 원형극장에서 G7 정상회담이 열렸으며 정상들을 위한 갈라공연이 있었다는 보도를 보았습니다. 라 스칼라 필하모닉을 정명훈 씨가 지휘를 합니다. 공연 중 정명훈 씨는 유창한 유머로 트럼프 대통령 내외를 비롯한 정상 부부들을

사로잡습니다. 얼마나 자랑스러운지요. 현지에 있을 때는 타오르미나가 그렇게 세계적으로 유명한 관광지인지 알지 못하였습니다.

몰타의 수도 발레타는 중세 기사단이 세운 성채도시입니다. 몰타는 1530년부터 무려 268년 동안 성 요한 기사단의 통치를 받았습니다. 발레타의 전망대에 서면 십자군 전쟁 때 십자군들이 보급기지로 세운 쓰리시티가 눈앞에 펼쳐집니다. 발레타 전망대 앞으로 펼쳐지는 쓰리시티를 보면서 비로소 십자군 전쟁의 실체가 눈앞에 그리고 뇌리 속으로 확실한 모습으로 궁금증과 함께 살아납니다. 이 또한 여행으로 얻은 귀한 경험입니다.

크리스천으로 시칠리아의 시라쿠사 항구도시와 몰타의 옛수도 임디나에서 만나는 사도 바울의 흔적을 가슴 깊이 새깁니다. 성경에는 시라쿠사 항구가 '수라구사'로, 몰타는 '멜리데'로 표기됩니다(사도행전 28장). 사도 바울이 로마로 압송되어 가는 항해 중에 들른 곳이 시라쿠사 항구와 몰타 섬입니다. 그리스도 전도에 목숨을 건 바울의 사도 행전(Acts)을 깊이 묵상하였습니다.

여행가방은 여행에 필요한 물건들을 담지만 가방 자체도 여러 여행길의 아름다운 추억들을 간직합니다. 팔레르모 공항에 일행 중 한 부인의 여행가방이 도착하지 않았습니다. 경유 공항 수하물 관리의 허술함 때문이지요. 얼마 동안 부인은 남편의 옷을 입고 여행사진을 찍었지만 며칠이 지난 후 가방이 도착하였습니다. 여행을 마친 후 인천공항에서는 인솔자의 여행가방이 행방불명이 되었습니다. 결국 가방은 지구 어디서 돌고 있는지는 몰라도 영영 미아가 되고 말았습니다. 이런 일을 일행 중에서 두 번이나 겪다 보니 우리 인천공항의 수하물 처리 능력이 세계 최고라는 자부심을 가지게 되었습니다.

향기와
색깔이 있는 여행
_프로방스
Provence

프로방스는 주위에 다녀온 분들도 많고 언론에서 자주 보도되어 궁금도 하여 꼭 가 보고 싶은 곳이었습니다. 프로방스는 정말 단체 관광보다는 소규모 몇몇이 다니면 좋을 것 같습니다. 사람이 많은 유명 관광지도 많지만, 조그만 소도시에서 나름대로 느끼는 혼자만의 감상과 여유를 곱씹을 수 있는 곳이기 때문입니다.

　니스 Nice 에 있는 샤갈 미술관입니다. 프랑스 문화부 장관 앙드
레 말로가 주도하여 건립된 미술관으로 샤갈의 후기 작품 450점
을 소장하고 있습니다. '인간 창조', '노아의 방주', '아브라함과 세
천사' 등 성경 이야기 17점이 특히 유명하지요. 타일로 제작한 벽
화 '엘리야 선지자'가 작은 연못 위에 서 있습니다. 12개의 별자리
가 새겨져 있고, 가운데는 구약성경에 나오는 태양의 전차를 탄
선지자 엘리야가 하늘로 올라가는 장면이 묘사되어 있습니다. 실
내에서 감상을 하노라면 창을 통해 들어오는 햇살이 작은 연못과
함께 마치 작품의 일부처럼 느껴집니다. 물과 햇살과 함께 작품을
감상하게 한 배치는 '엘리야 선지자'를 실내에서 오랫동안 앉아서
관람할 수 있게 한 배려이기도 하지만, 실내에 작품을 배치한 것
보다 자연과 어우러진 작품 자체를 더욱 돋보이게 합니다.

　　니스는 지중해 연안의 관광도시입니다. 니스 해변을 따라 조성
된 산책로는 프롬나드 데 앙글레Promenade des Anglais, 즉 '영국인 산
책로'라고 불리는데 산책로를 정비하기 위하여 영국인들이 많은
기부를 하여 붙여진 이름입니다. 일 년 내내 바다를 향해 의자가
늘어서 있습니다. 해변의 산책길을 걸어 보세요. 걷다 보면 해변
에 모래가 아닌 검은 자갈이 깔려 있음을 발견하게 됩니다. 해변
의 모래사장만 보아 오던 사람에게 자갈 해변이 무척 생소합니다.
누워서 해를 즐기는 사람들을 보며 등이 아프지 않을까 하는 쓸데
없는 걱정을 해봅니다. 우리나라 해운대나 동해의 모래사장을 떠
올리며 모래 해변에 감사한 마음을 가져 봅니다.

니스 구시가지의 마세나 광장 Place Masséna 입니다. 나폴레옹 전쟁 때의 영웅인 앙드레 마세나 André Masséna 장군이 태어난 곳을 기념하기 위하여 붙여진 이름입니다. 광장 중앙에 태양의 신 아폴론을 형상화한 나체 조각상이 분수 가운데 세워져 있습니다. 나체이기 때문에 아폴론 조각상은 이사를 여러 번 하였다 합니다. 그리고 '니스의 대화 Conversation à Nice'라는 이름이 붙여진 7개의 높은 기둥에 사람들이 앉아 있는 설치예술이 있습니다. 스페인 예술가 하우메 플렌사 Jaume Plensa의 작품입니다. 7개의 기둥은 7개 대륙을 의미합니다. 밤에는 기둥 위 사람들의 색깔이 바뀌어 광장의 독특한 분위기를 나타낸다 하지만, 밤까지 머물지 못하여 색깔이 바뀌는 일곱 사람은 보지 못하는 아쉬움을 남깁니다. 우리나라에도 대전 복합 터미널 DTC 아트센터, 제주 본태 박물관 그리고 서울 잠실 시그니엘 앞에서도 하우메 플렌사의 작품을 감상할 수 있습니다.

니스의 카니발은 국제적으로 유명합니다. 리오와 베니스 카니발과 함께 세계 3대 카니발 중의 하나입니다. 니스 카니발은 2월 중에 열립니다. 마세나 광장과 프롬나드 데 앙글레 주변으로 화려한 행렬이 이어집니다. 이런 대규모 퍼레이드 말고도 소규모 퍼레이드는 자주 열리나 봅니다. 6월에 방문하였는데도 마세나 광장에서 퍼레이드가 시작되었습니다.

퍼레이드 행렬 중간에 앙증스러운 꼬마 대원을 발견합니다. 조그만 손에 트럼펫을 들었습니다. 연주는 하지 않고 참가에 의의를 두는 것 같습니다. 연주를 마다하고 꼬마 악사의 관심은 유모차에 타고 있는 또래 친구에게 쏠립니다. 친구 쪽만 열심히 주시하고 있습니다. '아가야, 앞을 보고 걸어라, 행여 넘어질라.' 소아과 의사의 본색이 여기서도 나타납니다.

　프랑스의 가장 아름다운 마을 152개 중의 하나인 인구 300명의 작은 마을 구르동 ^{Gourdon} 입니다. 해발 760m에 위치합니다. 작은 마을임에도 불구하고 다양한 재주의 예술가들이 제작한 독특한 물건들을 볼 수 있습니다. 개인 집들이 카페나 레스토랑 저리가라 할 정도로 예쁩니다.

　집 외벽, 베란다 그리고 현관 입구에 화분들이 잘 배치되어 있습니다. 베란다에 의자가 쌍으로 있는 것으로 보아 부부가 이곳에서 많은 시간을 보내는 것 같습니다. 돌계단에는 앙증스러운 돌로 만든 양 한 마리가 다소곳이 앉아 있습니다. 천장에는 용도를 알 수 없는 나무통들이 매달려 있습니다.

　마을 주민들의 아름다움에 대한 열망으로 예쁘고 아기자기한 마을이 되었습니다. 뜻을 모으기가 힘들어서 이런 분위기를 이루는 데는 오랜 기간이 걸렸을 겁니다. 우리나라 시골 마을도 이렇게 정취 있는 예쁜 마을로 점차 변하여 가면 좋겠습니다.

또 다른 집도 주인의 안목이 대단합니다. 현관 입구에 매달린 유리병 항아리에는 고양이와 토끼 인형이 잠들어 있습니다. 옆으로 우유나 뜨거운 물을 마실 때 쓰는, 사용된 연륜을 알려 주는 색 바랜 포트가 매달려 있습니다. 현관에 문패 대신 작은 석조 부조물과 대형 동판 작품이 자리 잡고 있습니다. 현관을 들어서면 계단에는 도자기 항아리 화분에 꽃이 꽂혀 있습니다. 현관 입구에 각양각색의 꽃을 매일 물 주고 가꾸는 수고도 해야 하지만, 꽃을 담은 화분들도 아름다움에 대한 생각을 많이 한 표시가 납니다. 이 집의 백미는 거실에 걸린 커튼입니다. 일반적 커튼이 아니라 수를 놓은 정성이 가득한 작품입니다. 이런 개인의 안목과 마을 주민들의 하나 된 마음이 아름다운 마을을 만들어 내었습니다.

　생 폴 드 방스 St. Paul de Vence 는 18세기에 프랑수아 1세가 건설
한 요새입니다. 수백 년간 당시 그대로의 모습을 간직한 아름다운
중세 마을입니다. 1911년 굳게 닫혀 요새로 쓰였던 마을의 문이
열리면서 화가들의 열렬한 환영을 받게 되었습니다. 르누아르, 마
티스, 피카소도 이곳에서 작품 활동을 하였고 그중에서도 샤갈이
20년간 활동하며 사랑하던 마을입니다. 프랑스 매그 재단의 초청
으로 철학적 사상을 바탕으로 추상세계를 그려 내는 오수환 작가
도 생 폴 드 방스에 머물며 작업하는 시간을 가졌습니다.

　마을 곳곳에 식수를 공급하는 고색창연한 식수대가 이채롭습니다. 중세의 고풍스런 느낌이 그대로 있으면서도, 세련되고 아담한 많은 갤러리와 아틀리에가 어우러져, 과거의 정서와 현대의 감각을 함께 공존시키는 마을입니다.

　생 폴 드 방스 기념품 가게 앞에 놓인 커다란 돌더미입니다. 아마도 이전에는 물이 흐르는 식수대로 쓰였던 돌 같습니다. 안에 그림과 사연들이 적힌 흰 자갈이 들어 있습니다. 웃는 얼굴 그림이 너무 천진난만합니다. 어디서도 볼 수 없었던 관광객의 시선을 붙잡아 매는 기발한 쇼윈도입니다.

생 폴 드 방스뿐만 아니라 프로방스의 기념품 가게들의 쇼윈도는 가게마다 탄성을 자아냅니다. 같은 모양은 한 곳도 없습니다. 개성이 뚜렷하고 기념품을 배치하는 장소나 배열도 감탄을 불러옵니다. 참으로 독창적입니다. 지금 소개하는 두 곳의 기념품 가게 중 한 곳은 유리공에 가게입니다. 고양이, 소, 그리고 여인상의 색감이 현란하면서도 고상하고 고급스럽습니다.

한 곳은 지나가는 길거리 돌벽을 쇼윈도로 사용합니다. 재미있고 동화풍인 동물 그림도 있고, 옆에는 같은 모양의 마그네틱이 진열되어 있습니다. 경제적 여유와 가방의 공간이 허락되면 모두 사 가지고 돌아가고 싶습니다.

생 폴 드 방스는 샤갈이 너무 사랑하여 20년을 살았습니다. 마을 외곽 망루에서 보면 샤갈 무덤이 자리 잡은 공동묘지가 있습니다. 방문객들은 아주 소박한 샤갈 묘소에 작은 돌멩이 하나를 올려놓으며 그를 기립니다. 샤갈의 묘소를 그냥 지나칠 수가 없습니다. 여행자들이 놓고 간 돌들이 하트 모양으로 또는 원 모양으로 시간에 따라 시시각각 바뀝니다.

생 폴 드 방스 골목길 바닥입니다. 바닥에도 예술이 펼쳐집니다. 작은 검은 자갈이 주로 골목길 포장용으로 사용됩니다. 니스 해변에서 보이던 검은 자갈입니다. 해변에서 가져온 작은 자갈을 하나의 포장재로 사용하면서 기존 관념을 철저하게 부정한 길거리 작품입니다. 가운데 큰 자갈이 위치하고 둥그렇게 작은 자갈들을 둘렀습니다. 이탈리아 로마로 가는 아피아 가도에 쓰인 돌과 모양이나 색깔과 크기가 전혀 다릅니다. 돌길을 깔아도 지역마다 포장재의 재질이 다르고 색깔이 다르고 배열이 다릅니다. 생폴 드 방스의 돌길은 완전히 기존의 돌길에 대한 선입관을 바꾸는 길입니다. 구석에 자리한 형광색 화살표는 돌길의 마침표를 찍습니다.

라 콜롱브 도르 La Colombe d'Or , '황금 비둘기' 여인숙입니다. 마을 농부의 아들이었던 폴 루 Paul Roux 가 카페와 객실 네 개의 여인숙을 마을 입구에 오픈하자 화가들이 열렬히 환영을 하였습니다. 특히 2차대전 이후 각지에서 화가들이 여인숙으로 몰려들기 시작하였습니다. 여인숙 내부는 샤갈, 피카소, 마티스, 호안 미로, 모딜리아니, 세자르 등 가난한 예술가들이 숙박비 대신 혹은 우정으로 지불하고 주고 간 그림과 조각들로 가득합니다. 이곳은 샤르트르, 그레타 가르보, 소피아 로렌, 카트린 드뇌브, 이브 몽탕 등이 즐겨 찾았다고 합니다. 최근에는 디카프리오가 밀월 여행지로 삼기도 하였지요.

너무 인기가 많아 예약하지 않으면 이용할 수가 없는 레스토랑과 숙박시설입니다. 지금은 폴 루의 4대 후손 손부가 운영하고 있습니다. 안으로 들어가 구경조차 할 수 없었던 나그네는 입구에서 잠깐 보이는 세자르 발다치니 Cesar Baldaccini의 명작 '엄지손가락'을 흘깃 보는 것으로 만족하여야 했습니다. 세자르의 '엄지손가락'은 서울의 올림픽공원에서도 감상할 수가 있지요. 마을 입구에 유명 여인숙이 있는 덕분에 차량들이 정체되고 아주 혼잡하여 교통정리 아르바이트까지 고용할 지경입니다. 오래 머물 수도 없는 갈 길 바쁜 나그네는 다음 행선지로 발길을 재촉합니다.

샤갈이 사랑하였던 마을 생 폴 드 방스 입구에 마을의 수호 성녀에게 헌정된 생트 클레르 예배당 Chapelle Sainte Claire 이 있습니다. 그리고 이스라엘 출신 프랑스 조각가 테오 토비아스 Théo Tobiasse 의 조각상 '생 폴의 비너스'가 두 손을 들고 여행객을 반깁니다. 역동적인 여성상의 모습은 과거 미인의 기준이 다산이었음을 잘 표현합니다. 다산을 위한 풍만한 히프와 골반을 극대화하여 보여 줍니다.

오래된 돌담과 담 위의 담쟁이 그리고 돌길이 걷는 이들의 발걸음을 가볍게 합니다.

　피카소가 15년간 말년을 보내고 운명을 마감한 무쟁 Mougins 입
니다. 마을 입구에 피카소의 거대한 흉상이 서 있습니다. 얼굴 조
각이 주름까지도 선명하게 나올 정도로 세밀하여 피카소가 정말
옆에 있는 것처럼 느껴집니다.

　비가 내립니다. 우비를 쓰고 피카소를 만난다는 흥분과 호기심
으로 고요하고 작은 이 마을을 들어섭니다.

무쟁에는 유명한 레스토랑이 많습니다. 엘리자베스 테일러는 니스에 요트를 정박한 후 무쟁을 찾아 점심을 자주 즐겼다 합니다. 인솔자가 식당에서 메뉴를 정하는 사이, 길거리에 크고 작은 전시회가 자주 열리는 무쟁을 둘러봅니다. 이번에는 청바지 전시회가 열립니다. 크기와 모양이 다른 청바지들이 줄을 지어 전시를 위해 설치한 무대 위에 서 있습니다.

작품 제목이 '청바지의 긴 행진'입니다. 청바지에 'The'가 감히 대문자로 표시됩니다. 청바지 예찬론의 최고봉입니다.

무쟁에는 갤러리들도 많습니다. 갤러리 앞에 피카소의 사진이 있습니다. 피카소가 처음 이곳에 도착했을 때 호텔방의 벽에 그림을 그렸는데 그 일로 주인이 무척 화를 냈다는 일화가 전해 옵니다.

피카소는 이 길을 누구와 어떻게 걸었을까 하는 상념에 취해 있는데 인솔자가 레스토랑으로 얼른 오라고 부르는군요. 많이 걸어 배가 고픕니다. 금강산도 식후경, 얼른 레스토랑으로 달려가며 메뉴가 궁금하여집니다.

　　프로방스의 분위기를 가장 잘 표현하는 루시용 Roussillon 입니다. 프랑스에서 가장 아름다운 마을로 자주 선정되는 곳입니다. 파스텔 톤의 골목을 들어서는 순간 탄성을 자아내게 하는 마을입니다. 루시용의 집들은 황토를 섞은 회반죽을 바르는 방식으로 지어져 독특한 색상을 유지합니다. 황토 물감을 사용한 그림과 유리 공예 작품들이 전시된 갤러리와 레스토랑들이 즐비하여 좋은 눈요기를 제공합니다. 그리고 부드러운 파스텔 톤의 공예품 가게들이 피곤한 눈에 안식을 선물합니다.

　18세기 섬유산업에서 안료에 대한 수요가 증가하면서 루시용에서 안료 채광이 증가되었습니다. 지역에 따라 황토라기보다는 적토라고 해야 할 만큼 붉은 황토색의 채석장을 관광객들이 걷습니다. 사방팔방에 파스텔 톤의 노란색으로 둘러싸여 흥분한 사람들이 여러 포즈로 사진을 찍기에 여념이 없습니다. 흙을 만져 보면 흙의 색이 손에 묻어나는 걸 경험합니다. 사람들이 단무지보다 더 이쁜 색깔로 물듭니다. 요사이 유행하는 냉동 김밥이 갑자기 그리워집니다.

　황색보다는 적토에 가까운 루시용 채석장의 사다리 계단을 방문객이 오르내립니다. '루시용Roussillon'이란 지명에서 유추할 수 있는 것처럼 프랑스어로 붉은색이 '루즈rouge'입니다. 인공적인 화학 염료를 만들 수 없던 시절에는 암벽의 다양한 색깔의 흙으로 천연 염료를 만들어 사용하였으나 지금은 화학 염료를 사용하기 때문에 루시용은 더 이상 채석장의 기능을 상실하였습니다.

　황토의 부드러움이 발끝에 닿는 감각이 색다릅니다. 그리고 안으로 들어가면 어떤 색의 흙이 기다릴까 하는 궁금증에 자꾸 안쪽으로 발걸음을 재촉합니다.

루시용 채석장의 황토밭에 찍힌 수많은 발자국을 보십시오. 내 발자국도 저기 어딘가에 있겠지만 다음 사람들의 발자국으로 나의 발자국은 금방 없어지겠지요. 나그네 인생인 모든 이들도 예외 없이 잠시 세상에 흔적을 남겼다가 금방 잊혀 버리겠지요. 우리 인생 여정처럼, 황토밭에 새겨진 신발 밑창 모양도 같은 모양이 하나도 없습니다. 크기도 다 다릅니다. 이렇게 각양각색의 사연을 가진 인생들이 어우러져 사는 것이 지구촌인 것 같습니다.

　　루시용의 골목길입니다. 황토색을 섞은 회반죽을 표면에 바르
거나 물감을 칠하는 방식으로 지어진 독특한 벽들입니다. 기념품
가게의 벽이나 카페의 벽들이 황토색으로 칠해져 있어 마을 전체
가 이런 색으로 물들어 있습니다. 우리나라 시골의 황토색보다 좀
더 밝아서 파스텔 톤의 정석을 보여 줍니다. 황토색 풍년인 마을
이지만 전혀 지겹지 않고 오히려 엄마 품같이 푸근합니다.

　루시용 마을을 지나다 보면 벽에 부착한 그림이 눈에 확 들어옵니다. 독특한 벽화를 보며 놀라운 루시용 주민의 탐미안과 아이디어에 감탄을 하게 됩니다. 루시용 마을 전체를 덮고 있는 파스텔 톤 황색을 칠한 나무 문에 포도주를 들고 가는 웨이터와 밀짚모자를 깊게 눌러 쓰고 태양빛에 앉아 신문을 보면서 포도주 한잔을 즐기고 있는 중년 남자의 그림을 부착하였습니다. 진짜 실물 같아요. 위를 둘러싸고 있는 담쟁이 넝쿨은 실물입니다. 벽에 자그마한 붙어 간판도 있지만 간판 내용은 잘 모릅니다. 참새가 방앗간을 그냥 지나칠 수 있나요. 같은 방을 쓰는 한 여인을 모델로 한 컷 찍고 갑니다.

　이 마을을 걷다 보면 루시용 채석장에서 나온 여러 가지 색깔의 흙을 병에 넣어 팔고 있는 선물가게들을 만나 볼 수 있습니다. 화가들은 저런 자연색을 가지고 그림을 그리고 싶은 충동과 유혹을 받았을 것 같습니다. 대량 생산이 어려워 사용이 잘 되지 않지만 아무래도 자연적 발색이 인공적 색상보다 좋지 않을까요? 아마도 과거 니스 카니발에서는 얼굴이나 몸통에 저런 흙을 사용하여 원하는 색과 무늬를 새겨 넣었으리라 추측하였습니다.

　라벤더 축제가 펼쳐지는 해발 800m의 고원에 위치한 발랑솔
Valensole 입니다. 사계절 다른 색의 옷을 입는 꽃의 향연이 펼쳐지
지만, 단연 라벤더의 보라색과 푸른 하늘의 블루가 멋진 조화를
이루는 7월부터 8월까지가 제격입니다.

　머리가 하얀 화가 한 분이 거친 자갈밭 라벤더 숲 입구에서 그

림에 열중합니다. 디렉터 의자의 붉은색과 보라색이 어울리는 조
합을 이룹니다. 화가분은 하루 종일 앉아 있어도 라벤더 향에 취
해서 허리 아픈 줄을 모를 것 같습니다. 숲 중간에 셀카를 찍는 한
쌍의 젊은이들도 보입니다. 멀리 보이는 한 그루의 나무가 전체
장면을 풍요롭게 합니다. 정말 눈과 코가 호사를 합니다.

라벤더의 보라색과 하늘의 블루가 오묘한 색의 연출을 만듭니다. 말로
만 들던 라벤더를 실물로 보는 순간 잠시 말문이 막힙니다. 어느 곳에 가
더라도 이런 보라색의 향연을 볼 수 없겠지요. 여기서 카메라를 들이대지
않는 것은 큰 실례입니다.

마르세유 Marseille 는 기원전 600년 전 그리스 사람들이 만든 항구입니다. 마르세유를 유럽과 지중해 중심 도시로 만들려는 계획이 진행되면서, 쇠락하여 가던 중세 항구에서 지중해의 중심 항구로 급부상하였습니다. 유럽에서 두 번째로 요트가 많고 프랑스에서는 제일 요트가 많은 항구입니다. 이곳에서는 어떤 요트를 가졌느냐가 부의 척도입니다. 마르세유항을 떠나 이프 If 섬으로 가는 유람선은 항상 만원입니다. 정박하고 있는 수많은 보트들을 뒤로하고 물살을 가르면서 '몬테크리스토' 백작의 흔적을 기대하며 유람선은 마르세유항을 떠납니다.

    과거 샤토 디프 Château d'if 는 마르세유 앞바다에 위치한 이프 섬
에 있는 교도소였습니다. 알렉상드르 뒤마의 소설《몬테크리스토
백작》의 배경으로 널리 알려져 있습니다. 우리가 탄 유람선이 이
프 섬으로 다다르자 섬을 둘러보고 나오는 관광객들 한 무리가 우
리를 선착장에서 기다리고 있습니다. 바닷물 색깔이 푸르다 못해
검정색을 띠는 곳도 있고, 연한 연두색도 띠는 등 다양한 색깔이
펼쳐집니다. 여하튼 섬 주위의 바다는 깊이를 가늠하기 어렵고 그
리고 물살이 엄청 세기 때문에 탈옥이 어려워 이곳에 형무소를 세
웠던 모양입니다.

　이프 섬 디프성은 감옥으로 사용된, 험한 돌로 지어진 성이지
만 이런 구도에서 바라보면 기하학적으로 아름다운 멋진 장면을
발견할 수도 있습니다. 원추의 정문 사이로 고성의 창문 두 개가
보이고 망루 위에 관광객들도 보입니다. 정문의 재질인 터프한 돌
들의 모습이 흡사 감옥 생활의 황량함을 상징하는 것 같다고 느꼈
을 때, 한 컷을 찍고 싶은 유혹을 일으키는 찰나의 순간이 다가옵
니다. 바쁜 여정 앞에 놓인 험한 돌길이지만, 바닥을 한번 확인하
고, 넘어지지 않으리라는 확신이 서는 순간 셔터를 누릅니다.

디프성 감옥 내부입니다. 저 창살이 죄수들의 날고 싶은 의지를 꺾어 버리는 차단문입니다. 저 창 너머로 바다도 보이고 하늘도 보입니다. 하루에도 몇 번씩 새가 되고픈 죄수들이 절망하면서 벽에 자기 이름들을 파낸 흔적이 여기저기 보입니다. 잠시 저곳에 자신의 이름을 새겨 넣은 죄수의 심정으로 돌아가 한참을 머물렀습니다.

　디프 성벽 사이 창으로 한 마리 비둘기가 바다를 바라보고 있습니다. 앞에 보이는 섬을 향해 날아갈 수도 있겠습니다. 물론 잠깐 앉아 있다 훌쩍 날아가겠지요. 감옥의 죄수가 그 모습을 보았다면 얼마나 저 비둘기를 부러워했을까요. 과거 수백 년 전에도 지금과 같은 장면이 있었겠지요. 자유가 없이 갇힌 자에게는 흔히 볼 수 있는 새 한 마리의 비상이 얼마나 부러웠을까요. 갑자기 자유의 바람을 만끽하고 싶어져서, 지중해의 맑은 공기를 폐에 가득 넣어 봅니다.

이프 섬을 떠나는 유람선이 물길을 힘차게 가르고 출발합니다. 앞쪽으로 멀리 마르세유 항구가 보입니다. 유람선에서 내린 또 다른 관광객들이 디프성 입구로 들어섭니다. 저 유람선은 하루 수차례 이프 섬을 드나들면서 관광객을 실어 나르겠지요. 바닷물의 색깔이 깊은 바다의 짙푸른 색부터 얕은 바다의 연두색까지 다양합니다. 다양한 색깔의 빠르고 험한 바다 물결을 시원하게 가르며 유람선이 출항합니다. 이 사진은 활명수 광고사진으로도 쓰였습니다. 신문 지상에 실린 활명수 광고사진을 본 지인이 활명수처럼 속이 시원해지는 사진이라고 평을 하더군요. 광고 효과 만점인 사진이 되었습니다.

샤토 디프 성벽 사이로 이프 섬을 떠나는 유람선이 보입니다. 과거 감옥에 갇힌 몸이 된 사람은 떠나는 보트를 보면서 어떤 생각을 하였을까. 출소를 앞둔 사람에게는 희망의 상징이었겠지만, 장기 무기수들은 절망과 포기의 장면이었겠지요. 같은 장면이라도 그 사람의 처지에 따라 전혀 다른 희망과 절망의 감흥을 자아냅니다.

고흐가 사랑하던 마을 아를 Arles 에 있는 생 레미 드 프로방스 Saint-Rémy-de-Provence 는 빈센트 반 고흐가 입원하였던 요양병원이 있는 마을입니다. 아를은 중세 자치도시 '코뮌 Commune'으로, 프랑스에서는 가장 큰 코뮌이었습니다.

요양병원 입구에는 그가 즐겨 그렸던 올리브나무 숲이 나옵니다. 외부와 단절된 삶을 살았던 고흐가 하루 한정된 시간만 외출이 허용될 때 이곳에서 올리브를 그린 것으로 추정됩니다. 올리브나무 숲 앞에, 고흐의 올리브나무 그림을 담은 안내판이 서 있습니다. 이곳에 앉아 그림에 몰두한 고흐를 상상하게 합니다. 휴가철에는 하이킹의 명소인 국립공원이 위치하고 반 고흐 그림의 배경지라서 많은 관광객들이 찾습니다.

　요양병원 입구를 지나면 바로 해바라기를 들고 태양을 쳐다보는 고흐의 동상을 만나게 됩니다. 고흐 얼굴을 보게 되면 왜 이리 슬퍼지지요? 그의 고뇌가 처절하게 실제처럼 가슴에 다가옵니다. 긴 목과 허공을 응시하는 그의 눈동자 그리고 야윈 모습을 보면 가슴이 아립니다. 오랜 세월이 지나면서 동상을 에워싸고 흐른 흰색의 녹들이 처연함을 더합니다. 발길을 떼지 못하고 한참 동안 동상 앞에서 고흐의 얼굴만을 응시하였습니다.

　고흐는 이곳에 머무는 1년간이 괴로운 시간이었겠지만, 붓을 놓지 않고 대표작인 '별이 빛나는 밤' 그리고 꽃 시리즈(올리브나무, 아몬드나무, 아이리스꽃) 등 300여 점의 작품을 아를에서 그리며 화가로서의 삶을 이어 갔습니다. 마을과 동떨어진 이곳에서는 주로 자연을 그릴 수밖에 없었을 겁니다.

요양병원 1층, 고흐의 기념품을 파는 곳입니다. 이곳에 들어서면 요양병원 입구에서 고흐의 동상을 보고 느낀 그의 고뇌를 잊게 됩니다. 고흐를 주제로 하는 많은 알록달록한 복사 그림과 소품들은 관광지 기념품점에 들어왔다는 것을 일깨워 줍니다. 창으로 들어오는 따스한 햇볕이 전시된 작품들과 어우러져 더욱 기념품들을 돋보이게 합니다.

놀랍게도 고흐는 생전에 그림 한 점밖에 팔지 못하였습니다. 고흐가 죽고, 그의 후견인이었던 동생 테오도 6개월 뒤 형을 따라갑니다. 고흐를 유명하게 만든 이는 테오의 부인 요한나였습니다. 요한나는 고흐 사후 고흐 그림 수백 점과 남편과 고흐가 주고받은 편지를 모두 수집합니다. 그녀의 고향인 네덜란드로 돌아가 무명의 화가 반 고흐 회고전을 열어 고흐를 알리기 시작합니다. 고흐의 재능을 알아본 제수 요한나에게 인류는 큰 빚을 졌습니다.

계단을 따라 한 층을 올라가면 고흐가 스스로 귀를 자르고 입원하였던 방이 보존되어 있습니다. 홀로 이곳에 갇혀 그림을 그렸던 고흐를 떠오르게 합니다. 귀를 자른 고흐의 자화상이 침대 위 벽에 걸려 있습니다.

고흐가 쓰던 낡은 철제 침대는 몸을 뒤척일 때마다 삐걱삐걱하는 소리가 날 것도 같습니다. 매트리스도 너무 얇아 등이 제법 아팠을 것 같습니다. 불쌍한 고흐. 그러나 아이러니하게도 고흐는 이곳에서 가장 왕성한 작품 활동을 하였다 합니다. 불편함이 창작의 어머니 같습니다.

이곳 기념품 가게에는 고흐의 회화도 진열되어 있지만 여러 소품들도 많습니다. 가지고 싶은 고흐의 대표작들을 품은 여러 종류 책갈피가 바구니에 담겨 있습니다. 쇼핑백, 기념 티셔츠, 앞치마 등 다양하고 격이 있는 물건들입니다. 그 색상들을 보면 사람의 힘으로 이런 아름다운 색의 조합들을 이룰 수 있구나 하는 경외감에 절로 고개가 숙여집니다. 마법 같은 탐나는 소품들입니다. 당시 사 온 컴퓨터 마우스 패드를 지금도 매일 고흐를 연상하면서 사용하고 있습니다.

밖으로 나가면 작은 정원이 나옵니다. 보라색의 라벤더 밭이 방문객을 반깁니다. 앞에 펼쳐진 푸른 잔디, 그리고 저 뒤에 서 있는 정원수를 누군가 손질하고 있네요. 고흐의 어려웠던 환경과 잘 연결 지을 수 없는 평화롭고 치유가 일어날 듯한 정원입니다. 고흐의 '그린, 그린 글래스 오브 홈 Green, Green Grass of Home '입니다.

　잔디 뒤 정원에는 라벤더도 있지만 아이리스로 짐작되는 넓은 꽃밭이 있습니다. 벽으로 사용된 가로수 앞에는 고흐가 그린 작품들이 전시되어 있습니다. 이곳은 고흐의 작품에 푹 빠져서 고흐의 일생을 유추하면서 하루를 보내기 적격인 곳입니다.

병원 1층에 위치한 기념품점에 들어가기 전에 꽃이 만발한 정원을 지나가게 됩니다. 반 고흐의 슬픈 이야기와 다르게 아름다운 꽃으로 가득한 정원이 나그네들을 맞이합니다. 아치를 떠받치는 중세에 세워진 기둥들이 이곳의 역사를 말하여 줍니다. 역사적 기둥들과 달리 정원을 메운 금년에 심은 붉고, 분홍의 꽃들은 시간을 초월한 지금의 풍광을 뽐내고 있습니다.

아를의 포룸 광장 Place du Forum 에는 항상 수용하기 어려울 정도의 관광객들이 밀려듭니다. 1888년 고흐의 유명 작품 '밤의 카페테라스'가 그림 속 풍경 그대로 재현된 반 고흐 카페가 영업을 하고 있기 때문입니다.

일행이 방문한 날에는 옆의 카페는 손님이 만원이고 반 고흐 카페는 이상하게 한가하였습니다. 옆 카페에서 월드컵 예선전을 대형 TV 두 대로 중계방송하고 있었습니다. 우리 일행도 역시 반 고흐 카페를 마다하고 옆 카페에 간신히 자리를 잡았습니다. 2018년 러시아 월드컵 F조 마지막 예선, 한국팀이 세계 1위 디펜

딩 챔피언인 독일을 2 : 0으로 격파하여 독일이 월드컵 사상 80년 만에 처음으로 조별 탈락을 한 경기였습니다. 한국팀을 응원하려고 축구경기 중계를 시청하던 우리는 놀라운 광경을 목격했습니다. 한국팀이 한 골을 넣을 때마다 벌떡 일어나 손뼉과 환호로 열광하는 프랑스 국민들의 반응이었습니다. 정작 한국의 우리 일행은 조용히 앉아 박수 정도 치면서 응원했는데 말입니다. 자고로 이웃 나라치고 사이 좋은 나라는 없다고 알고 있었지만 이 정도까지인 줄은 몰랐습니다.

'밤의 카페 테라스' 앞에 서면 고흐의 대표작 '별이 빛나는 밤The Starry Night'이 떠오릅니다. 그리고 돈 맥클린Don McLean이 부른 "Starry, starry night"으로 시작하는 〈빈센트Vincent〉의 멜로디가 생각납니다. 돈 맥클린의 또 다른 히트곡 〈아메리칸 파이American Pie〉는 윤석열 대통령이 미국 백악관 만찬에서 불러서 〈빈센트〉보다 더욱 알려졌지요.

아를의 로마제국 시대의 원형경기장과 목욕탕 등 여러 건축물이 유네스코 세계문화유산으로 등재되었습니다. 기원전 1세기 카이사르 시대에 로마 식민지가 되어 아우구스투스에 의하여 개발된 고대 도시입니다. '갈리아의 작은 로마Gallula Roma'로 불릴 정도로 고대 로마 시대의 유적이 많습니다.

기원후 75년에 건설된 원형경기장이 잘 보존되어 있으며, 고흐 시대에는 투우 경기장으로 쓰여 고흐가 투우를 구경하는 사람들을 그린 '구경꾼들'이란 작품을 남기기도 하였습니다.

레 보 드 프로방스Les Baux de Provence의 '빛의 채석장Carrières de
Lumières'입니다. 마침 피카소의 미디어 쇼가 벌어지고 있습니다.
'송 에 뤼미에르Son et Lumière', 사운드 앤드 라이트 쇼라고 불리기도
하고 우리말로는 조명 영상쇼가 열리는 곳입니다.

이곳은 중세의 막강한 보Baux 가문의 영주 지역이었습니다.
1632년 보 가문은 개신교를 받아들이면서 로마 가톨릭교인 루이
13세에 의하여 철저하게 파괴되었습니다. 1952년 프랑스 남부 샹
보르성Chambord Castle에서 보수 작업하던 건축가 폴 로베르-우댕
Paul Robert-Houdin은 건물 외관에 전기조명을 밝히고 음악을 곁들여
야간 야외쇼를 시작하였습니다. 이것이 발전하여 보크사이트를
채광하던 레 보 드 프로방스의 채석장을 이용하여 '빛의 채석장'이

시작됩니다. 연간 100만 명의 관광객을 끌어들이며 레 보 드 프로
방스가 세계적 관광지로 살아나게 됩니다.

　예술에 관심이 없는 분도 즐길 수 있는 곳입니다. 클림트, 마르
크 샤갈, 반 고흐 등 유명한 예술가들의 흔히 보아 왔던 작품들이
거대하게 움직이면서 몸으로 다가오며, 귀가 아닌 가슴을 때리는
음악이 그림에 맞추어 흘러나옵니다. 처음에 입장하면 온몸으로
듣는 쾅쾅 울리며 다가오는 음악과, 천장과 지면 전체를 이용한
움직이는 거대한 회화들에 압도당하여 숨을 쉴 수가 없는 광경에
전율을 느낍니다. 평소 잘 알고 사랑하던 피카소의 그림들을 귀나
눈이 아닌 온몸으로 관람합니다.

　'빛의 채석장' 전시는 매년 주제 작가가 변경됩니다. 2018년에

는 피카소, 2019년에는 반 고흐의 작품으로 진행되었습니다. 프랑스 미디어 아트의 총 집합체입니다. 색의 정교함이 이에 걸맞은 음악과 어우러져 평생 잊지 못할 장관을 연출합니다. 오래오래 뇌리에 남을 광경들을 보여 줍니다.

약 1시간의 관람을 끝내고 전시실을 나오면 비로소 이곳이 채석장이라는 현실에 부딪힙니다. 엄청나게 높았던 채석장 벽들을 잘 깎아내려 영상의 스크린으로 사용한 것이 인상적입니다. 감상을 끝내고 출구에 있는 카페에서 한잔의 커피를 시켜 놓고 피카소의 감격을 되새겨 보는 것도 좋습니다. 우리나라 제주도에도 '빛의 채석장'을 본떠서 '빛의 벙커'가 운영됩니다. 아쉽게도 그 크기나 내용이 빛의 채석장과는 비교가 되지 않습니다.

　프로방스를 여행하면서 기념품 가게들을 곳곳에서 만납니다. 이 세 곳의 기념품점은 '빛의 채석장'으로 유명한 레 보 드 프로방스의 가게들입니다. 기념품 전시를 위해 가게의 벽을 사용하거나 가게의 문짝을 사용합니다. 벽의 돌들도 아주 거친 돌이나 덜 거친 돌을 이용합니다. 벽의 질감에 따라 기념품의 느낌이 다르게 다가옵니다.

　특히 오후 햇살의 그늘이 벽에 지면 기념품과 기념품의 그림자까지 합력하여 더욱 멋진 모양을 연출합니다. 거친 벽에 그림자가 선명하게 비치는 파충류는 살아 움직이는 듯합니다. 기념품 전시

장소를 정할 때나, 기념품 품목을 결정할 때도 이런 오후의 그림
자까지 염두에 두지 않았을까요. 기념품 가게의 목재 문을 이용하
여 전시한 매미와 도마뱀은 목재 재질에서 나오는 온화함을 그대
로 잘 살려 본연의 모습보다 더 친근한 부드러움으로 다가옵니다.

　안시Annecy는 스위스 제네바 남쪽에 위치한 인구 5만 정도의 아
담한 프랑스 도시입니다. 도시 남쪽에 안시 호수가 있고, 알프스
산맥이 펼쳐지기 시작하는 곳입니다. 해발 400m 정도에 위치하
고 스위스를 비롯한 여러 도시를 잇는 거점도시입니다. 프랑스에

서 세 번째 큰 호수인 안시 호수는 '프랑스의 베니스'로 불리기도
합니다. 도시 자체가 조용하고 참 평화스런 휴양지 느낌이 물씬
나는 곳입니다.

　안시 호수는 호수로 흘러 들어오는 두 개의 운하를 가지고 있습니다. 운하에는 수상 레포츠를 즐기려는 주인들이 가져다 놓은 보트들이 여럿 정박하고 있습니다. 니스 같은 관광도시에 수많이 정박한 보트들을 보다가 안시의 보트를 보니 매우 한가롭습니다.

　세계에서 가장 아름다운 호수. 호수 위에서 다양한 요트, 패러글라이딩 등 레저 스포츠를 즐길 수도 있고 가족과 함께 여유로운 피크닉을 만끽할 수도 있습니다.

안시 호수로 흘러 들어가는 운하에는 설치미술가의 설치물들이 있고 운하 주변에 많은 레스토랑들이 있습니다. 이런 문화의 거리는 하루아침에 이루어지지 않는다고 생각됩니다. 미국 같은 신생 국가가 감히 넘볼 수 없는 프랑스의 문화 저력입니다. 1960년대에 도입한 환경규제 때문에 '유럽에서 가장 깨끗한 호수'로도 명성이 높습니다. 우리나라도 오래된 우리 문화유산을 환경오염으로부터 어떻게 보호하여야 하는지를 이곳에서 많이 배워야 한다고 생각합니다.

　흔히 알프스 하면 스위스를 떠올리지만 알프스의 가장 높은
산 4,807m의 몽블랑 Mont Blanc은 프랑스에 있습니다. 프랑스 샤모
니 Chamonix 에서 시작한 알프스 산맥은 스위스를 관통한 후 독일
남부와 오스트리아를 지나 슬로베니아에서 끝납니다. 특히 이탈
리아 북부는 알프스 남쪽 측면을 프랑스와 공유하여 어떤 나라 알
프스보다도 지역이 넓습니다.

　샤모니는 1924년 최초로 동계올림픽을 개최한 곳입니다. 샤모
니에서 메르 드 글라스 Mer de Glace 빙하를 보려면 등산열차를 타고
몽탕베르Montenvers 산으로 갑니다. 빙하의 바다, 메르 드 글라스는

프랑스에서 가장 긴 빙하입니다. 빙하에 들어서면 얼음으로 뒤덮인 바다를 연상케 합니다.

등산열차 종착지인 몽탕베르역에는 이런 역사적 사진들이 전시되어 있습니다. 등산열차를 타고 오르내리는 동안 알프스 산맥 계곡의 폭포도 보이고 좁은 등산로도 보입니다. 이런 풍경 중에서도 알프스 산 밑에 옹기종기 모여 있는 한적하지만 아름다운 전원 풍경의 마을들이 매우 부럽고 가장 인상에 남습니다.

메르 드 글라스를 오르는 시발점인 기차역에서 현역인 최신의 붉은색 기차를 타고 오르지만 퇴역한 증기기관차도 역 광장에 전시되어 있습니다. 화려한 붉은색의 현역 기차와 검고 낡은 퇴역 기차가 대조를 이룹니다. 아름다운 패션의 현역보다 검고 오래된 퇴역 기차가 더 정스럽습니다. 필자의 처지가 정년 퇴직한 처지라서 더욱 그런지도 모르겠습니다.

샤모니 로고를 벽 가운데에 두고 여러 인물들이 건물 발코니에 나와 있습니다. 샤모니 마을의 역사화입니다. 농부, 귀부인, 스키어, 등산가들이 모두 옛 복장들입니다. 옛날 스키와 등산 장비 등도 보입니다. 마치 살아 있는 사람들 같은 착각을 일으킵니다. 가장 밑 발코니에 매달려 있는 바위를 타는 클라이머가 압권입니다. 등장 인물이 스무 명인데 모두 샤모니 마을의 개척자들이랍니다.

건물 외벽에 생기를 불어넣기 위하여 살아 있는 벽화 작업을 하는 거리 화가 패트릭 코메시Patrick Commecy의 프레스코 기법의 작품입니다. 그냥 지나칠 수가 없어 서서 한참을 쳐다보며 음미합니다. 참 기발한 아이디어로 관광객들의 눈을 즐겁게 하는 서비스 정신에 찬사를 보냅니다. 이렇게 마을과 역사를 사랑하는 마음으로 각 인물들의 디테일까지 신경을 쓰는 세심함에 존경을 드립니다.

몽블랑은 18세기 중엽부터 등산가들의 주목을 끌기 시작하였는데 1786년 스위스의 과학자 오라스 소쉬르 Horace Saussure 의 제언에 의하여 자크 발마 Jacques Balmat 와 미셸 파카르 Michel Paccard 두 프랑스인이 최초로 등정을 성공시킵니다. 발마가 손가락으로 가리키는 곳이 몽블랑입니다. 파카르는 내과 의사이자 등산가입니다. 파카르는 몇 차례 등정에 실패한 끝에 발마와 등정에 성공합니다. 고산 등산 가이드인 발마는 처음에는 상금과 명예욕에 눈이 멀어, 등정을 혼자 하였다는 거짓을 널리 알려 등정 성공을 독차지하였습니다.

1년 뒤 1787년에 소쉬르도 18명의 대규모 등산 팀을 이끌고 몽블랑에 올랐습니다. 그러나 발마와 함께 최초 등정에 성공한 파카르는 몽블랑 등정 성공 100년 뒤에 동상이 세워질 때 어처구니 없이 빠져 버리고, 발마와 소쉬르의 동상이 세워집니다. 발마의 부

정직함으로 인하여 여러 사람들이 뒤통수를 맞은 것이죠. 어찌하여 이런 일이 일어났는지 이해하기 어렵습니다.

몽블랑 등정 성공 100주년에 빠져 있던 파카르의 동상은 발마와 파카르 두 사람의 등정 성공 200년 후인 1986년에 비로소 세워집니다. 발마와 소쉬르 동상에서 뒤로 얼마 떨어지지 않은 곳입니다. 발마의 홀로 등정이 거짓이라는 진실은 영국 산악인이 소쉬르의 자료를 집중 연구한 끝에 밝혀진 결과입니다. 거짓은 진실 앞에 무릎 꿇게 마련입니다.

파카르의 동상은 접근하기 쉽게 위치하여 아이들이 붐비는 놀이터가 되곤 합니다. 홀로 서 있지만 어린 친구들 덕분에 외롭지는 않을 것 같습니다. 동상에 오르는 아이들은 이런 복잡한 인간의 욕심사를 모르는 듯 천진난만하고 즐거운 표정입니다.

　샤모니의 피자 식당입니다. 파라솔과 의자 그리고 화분의 꽃이
붉은색들의 향연입니다. 붉은색에도 여러 종류가 있는데 격이 있
는 붉은색 컬러 코드 선택에 많은 고민을 한 것 같네요. 중앙에 원
을 이용하여 메뉴를 알리는 안내판이 있습니다. 포장마차 같은 지
붕을 씌운 안내판은 메뉴를 안고서 24시간 동안 줄곧 식당 입구를
지키면서 오랜 연륜을 자랑합니다. 이 레스토랑에서 먹는 피자는
분위기까지 더해져 정말 맛있을 것 같지 않으세요?

　샤모니 시내 레스토랑 입구에 양이 세 마리 놓여 있습니다. 검고 회색이고 노란색 양들입니다. 아마도 홍보물을 비치하는 용도로 쓰이는 것 같습니다. 양의 모습을 잘 표현하기도 하였지만 양들이 왜 이리 예쁜지요. 크기도 귀염받기에 적당한 크기입니다. 관광지를 지나치면서 왜 이런 디자인 소품들이 눈에 자주 들어오는지 저도 모르겠습니다. 이런 눈의 호사를 누리는 것이 나그네에게는 커다란 낙입니다.

샤모니 시내에서 호텔로 돌아가는 길에 아이스크림을 파는 길거리 포장 삼륜차가 있어 잠시 피곤한 다리를 쉽니다. 나이가 들면 여행을 다녀도 의자만 보인다 하더니 맞는 말입니다. 삼륜차 앞에 소프트 아이스크림 모형과 소프트 드링크 샘플이 붉은 체크무늬 식탁보를 씌운 탁자에 놓여 있습니다.

제 눈에 들어온 것은 아기 손님을 위한 네 개의 의자와 테이블입니다. 소아과 의사라서 아기들에 관한 것들이 유독 금방 눈에 띄는 것이 직업의식의 발로일까요? 의자 크기가 어른이 앉으면 엉덩이도 들어가지 않을 만큼 앙증스런 의자들입니다. 우리 일행에는 아기가 없어 이용을 못 하니 아쉽더군요. 많은 아기들이 추억의 사진들을 찍고 간직하겠지요.

고흐와 라벤더를 만나는
프로방스

시칠리아와 몰타 그리고 고조 섬을 여행한 후 우리 일행은 안내자 박인희 팀장 부부를 조르기 시작합니다. 다시 한번 여행을 떠나자고 말입니다. 다들 여행에는 초보자들이 아닌데도 불구하고 지난번 시칠리아 여행은 그동안 겪어 보지 못하였던 경이로운 경험을 주고, 여행이란 이런 것이구나 하는 참맛을 뒤늦게 알게 되었기 때문이지요. 다음 여행지가 프로방스로 정해지고 항공편, 숙소와 식당 등 여러 계획이 세워지지만 아무도 이의 제기 없이 그냥 통과 통과하며 일사천리로 스케줄을 확정 짓고 출국을 합니다.

프로방스는 주위에 다녀온 분들도 많고 언론에서 자주 보도되어 궁금도 하여 꼭 가 보고 싶은 곳이었습니다. 프로방스는 정말 단체 관광보다는 소규모 몇몇이 다니면 좋을 것 같습니다. 사람이 많은 유명 관광지도 많지만, 조그만 소도시에서 나름대로 느끼는 혼자만의 감상과 여유를 곱씹을 수 있는 곳이기 때문입니다.

프로방스의 에즈 Eze 라는 조그마한 마을이 있습니다. 높은

언덕에 위치한 지중해 바다가 잘 보이는 성이 있습니다. 이곳에서 점심식사는 성의 발코니에 차려져 있었습니다. 음식도 프랑스 정식 코스가 희한하게 나오지만 음식이 아니라 경치를 먹는 느낌이었습니다. 미슐랭 스타가 몇 개라도 부럽지 않을 음식과 야외 테라스의 노천 식사가 어우러진 멋진 그날의 점심이었습니다.

여행을 하다 보면 예기치 못하는 사건을 겪게 됩니다. 우리 일행은 두 대의 밴을 렌트하여 안내자 부부가 각각 운전을 하였습니다. 프랑스 주유소에서 헷갈리는 점은 가솔린과 디젤유 표시가 서로 비슷하다는 것입니다. 주유소에서 넣어야 할 디젤유 대신 휘발유를 주입하여 달리던 중 차가 대로가 아니라 우리가 예약한 골프 리조트 바로 정문 차단기 앞에서 멈추어 버렸습니다. 차단기를 막고 꼼짝도 못하니 차를 움직여 빼는 일이 우리보다 리조트 직원들의 일이 되어 버렸습니다. 무사히 새 렌터카로 교체하여 여행을 계속하게 되었습니다. 호텔이 아닌 골프 리조트를 예약한 이유는 골프를 치기 위해서가 아니라 리조트가 빌라 형태라서 일행이 전부 모여 한식 파티를 하기 적합하였기 때문입니다. 어디를 여행하든지 이렇게 한 끼 정도는 일행들이 모여 가져온 재료를 가지고 한식 파티를 하는 것이 불문율이랍니다. 조금 전 혼유로 아찔하였던 경험을 반찬 삼아 기억에 남을 저녁을 마쳤습니다. 우리는 골프보다 한 끼의 한식이 중요한 노땅들입니다. 사실 한국의 골프장이나 외국의 골프장이나 그 골프장이 그 골프장입니다. 여행을 하면 볼 것도 많고 찍을 것도 많습니다. 골프 치는 시간이 아깝습니다.

몽블랑을 가는 길에 고속도로 휴게실에 잠시 들른 사이 중동 사람으로 보이는 일행에게 눈앞에서 핸드백을 털린 사건이 있었습니다. 일행이 열 명 정도 되니 우리는 카페 구석 쪽으로 크게 자리를 잡았습니다. 우리가 앉은 쪽에 자물쇠로 채워진 커다란 출입 유리문이 있었는데 그 문으로 중동 출신인 듯한 할머니하고 여자 어린이가 외부에서 돌진을 하여 문에 부딪칩니다. 일행의 시선이 문으로 향하는 사이 옆에 앉아 있던 젊은 같은 패거리 일당들이 핸드백을 슬쩍 가져가 버렸습니다. 소매치기는 혼자 하는 것인 줄 알았는데 프로방스에서 떼강도를 당했습니다.

그러나 이런 사건사고에도 불구하고 고흐의 외로운 일인 병실, 눈에 삼삼한 라벤더 밭, 몬테크리스토 백작을 만난 듯한 이프 섬의 경험들이 함께 어우러져, 뇌의 기억 장소에 정말 기쁘고 충만으로 채워진 추억만이 남아 있습니다.

한 번쯤
만나고 싶은 풍경
_ 그리스

Greece

산토리니 섬 방문 전 먼저 들렀던 미코노스 섬이 기억에 많이 남습니다. 지중해 섬의 자연과 관광지로서의 매력이 곳곳에 숨어 있어 충분하게, 오히려 모자라는 일 박을 즐길 수 있는 숨어 있는 진주 같은 섬입니다. 산토리니 섬이나 미코노스 섬이 모두 자그마한 섬이라서 걸어 다니면서 자유 시간을 가지고 여유롭게 폐 속으로 지중해 공기를 들이마시며 머리를 쉬게 하고 회복시키는 곳입니다. 눈으로 아름다움을, 혀로는 미식을 맛보는 오감이 즐거운 여행길입니다.

그리스 본토에서 산토리니를 가는 길에 그리스령에 속하는 220개의 많은 섬들이 있지요. 많은 섬 중에 하나인, 그리스의 베니스라고 불리는 미코노스 Mykonos 섬이 있습니다. 아름답기로 유명해서 유럽인들이 많이 찾는 섬입니다. 예술가들에게 영감을 주는 곳으로 일본 소설가 무라카미 하루키는 미코노스에 머물며 소설《상실의 시대》를 집필하였습니다.

호텔을 나와서 산책을 하다 보면 흰색 벽과 붉은 꽃과 등대와 교회가 영화의 한 장면 같은 절묘한 조화를 이룹니다. 이 작은 섬에 그리스 정교회가 무려 400개나 있다고 합니다. 기대하지 않았던 미코노스! 그래서 더욱 가슴에 새깁니다.

정문의 아치, 걸어도 피곤치 않을 굴곡진 계단, 멀리 보이는 교회. 흰색의 향연에 눈이 호강합니다. 주차장에서 호텔로 들어서는 계단도 한껏 멋을 부렸습니다. 흰색이 이렇게 화려한 색인지를 이곳 미코노스에서 처음 느낍니다. 흰색이 홀로 있을 때는 그 화려함을 느끼지 못하지만 청색이나 다른 원색과 공존할 때 엄청 화려함을 뽐냅니다. 미코노스 섬의 이름은 태양의 신 아폴론의 손자 미콘스 Mykons 의 이름을 따서 지었다 합니다.

조선시대 우리는 백의민족이라 하였지만 화려함과는 좀 거리가 있었지요. 화려함을 추구하는 그리스와 단색미를 추구하는 조선의 차이이기도 합니다. 그래서 요사이 한국의 단색화가 세계 미술 시장에서 주목을 받습니다.

　미코노스 섬은 산토리니 섬 가기 전에 위치하고 있습니다. 미코노스 섬의 아름답고 작은 부티크 호텔이 숙소입니다. 작지만 아름다운 수영장을 가지고 있습니다. 저녁 석양에 파라솔의 그림자가 수영장에 비칩니다. 실물과 수면에 비친 그림자 파라솔이 호텔을 더욱 돋보이게 합니다. 수영장에서 해변이 보입니다. 해변과 석양을 바라보며 칵테일 한잔하면 돌아갈 집 생각이 나지 않습니다.

바람의 섬이라는 애칭이 있는 미코노스 섬의 해변 카토 밀리^{Kato}
Milli 언덕에는 미코노스의 랜드마크인 풍차가 있습니다. 16세기
모습을 간직한 다섯 개의 풍차가 서로 외롭지 않게 서 있습니다.
원래 열여섯 대가 있었는데 이제는 다섯 대만 남아 있습니다. 유
럽대륙의 네덜란드 풍차와 모습이 좀 다릅니다.

미코노스 섬의 랜드마크인 다섯 개의 풍차를 호텔에서 밤에 내
려다봅니다. 조명을 하여 멀리서도 선명하게 자태를 뽐내고 있습
니다. 밤의 풍차가 더 아름답습니다. 주위에 수많은 차들이 주차
되어 있습니다. 아마도 주점이나 카페가 인산인해를 이룰 것 같습
니다. 호텔 방에 앉아 야경을 구경하는 재미도 쏠쏠합니다.

미코노스 섬의 해변과 풍차가 보입니다. 배로 떠나보낼 곡물을
저장하는 창고 같습니다. 풍차는 환기를 위해 설치한 것 같구요.
이른 아침 떠오르는 태양을 받은 호텔 테라스의 붉은 꽃이 진짜로

붉은색이 무엇인지를 보여 주는 것 같습니다. 점심 해보다 아침
해가 색을 더욱 깨끗하고 극명하게 보여 주어 감상하는 이의 눈을
즐겁게 하네요.

골목길 바닥도 돌과 돌 사이가 흰색으로 모두 채워져 벽과 바닥의 경계가 뚜렷하지 않습니다. 손예진 씨가 촬영한 포카리스웨트 광고가 대부분 산토리니가 아닌 미코노스에서 촬영한 것이라 합니다. 가게 주인의 배려로 의자와 탁자가 있습니다. 막상 유혹에 빠져 앉으려 하니 태양이 너무 따갑습니다.

　그리스 미코노스 섬 해변을 따라 걷다 보면 옛적에 무역을 하였던 바닷가의 예쁜 빌라들이 보입니다. 이 빌라들이 리틀 베니스라고 불리는 수상가옥들입니다. 산토리니를 들르기 전에 미코노스를 경험하면서 산토리니를 상상합니다. 산토리니에도 이런 수상가옥들이 있을까? 전혀 틀린 상상을 하고 있었습니다. 여행자에게는 틀린 상상도 그만의 자유입니다. 그만큼 사고가 자유로워집니다. 여행의 즐거움이죠.

　이 사진에 백조가 없든지 한 마리만 있어도 심심한 사진이 될 터인데 마침 쌍쌍의 백조가 등장해서 사진사를 기쁘게 해줍니다.

　　화산 작용으로 형성된 아름다운 절경의 마을과 밤 문화로 유럽
최고의 관광지인 산토리니 섬입니다. 기원전 17세기에 지난 수천
년 동안 인류 역사상 가장 큰 화산 분출로 대폭발을 일으켜 주변
에 분화구 가장자리만 남은 화산섬들이 생겨났습니다. 산토리니
군도는 다섯 개 섬으로 이루어졌으며 통상 가장 남쪽 섬인 타라

섬을 산토리니라고 부릅니다. 북쪽의 이아 Oia 마을과 좀 더 남쪽
의 피라 Fira 마을이 있습니다. 절벽 위에 세워진 마을의 화려한 흰
색과 코발트블루의 바다. 산토리니를 세계적 관광지로 만든 자연
과 인간이 만든 걸작품입니다. 그리스 출신 작곡가 야니 Yanni의 대
표곡이 〈산토리니 Santorini〉입니다.

이아 마을을 계단을 따라 내려가면 이런 광경을 보게 됩니다.
흰 벽을 경계로 많은 부티크 호텔들이 자리 잡고 있습니다. 대문
도 흰색이고 벽도 흰색입니다. 위로는 많은 기념품 가게들이 있고
식당들은 계단을 타고 내려오는 절벽에 위치하고 있습니다. 진짜
지중해 음식을 즐기면서 좋은 와인 한잔! 정말 환상입니다.

이아 마을 호텔의 뒷문입니다. 출입금지를 알리는 팻말이 늘어진 흰색 밧줄에 걸려 있습니다. 문도 밧줄도 흰색인데 유독 좌우의 열쇠가 검은색 바탕에 황색을 띠고 있습니다. 멋진 색의 조화이고 출입금지를 알리는 효과가 만점입니다. 이아 마을의 특징은 반려동물이 많다는 것입니다. 고양이도 많이 눈에 띕니다. 수많은 관광객들 사이에서, 군중 속의 고독을 만끽하는 반려동물에게서 바쁜 인생들은 위안을 얻고 싶어 합니다.

이아 마을 기념품 가게에 들어서니 주인은 보이지 않고, 수많은 기념품을 강아지 한 마리께서 지키고 계시네요. 별로 사나워 보이지 않아 집 지키기에는 어울리지 않습니다. 반려견을 묶은 끈도 기념품들처럼 예쁩니다. 주인이 집에 두기보다는 가게로 모시고 나오는 것이 반려견을 더 자주 볼 수 있다고 생각하여 끌고 나온 모양입니다.

이아 마을에 새로 생긴 아틀란티스 서점입니다. 원래 산토리니에 서점이 없었는데 2002년 영국의 두 젊은이에 의하여 세워졌다 합니다. 이 서점은 내셔널 지오그래픽에 최고의 서점으로 선정된 적도 있다 합니다. 관광지에 이런 전문 책방이 있다는 것이 이해가 잘 되지 않습니다. 들어가면 아기자기한 인테리어에 반해서 계속 머물고 싶은 곳입니다. 사람이 계속 몰려들어 오래 체류하기가 어렵습니다.

　400m 높이의 절벽에 형성된 피라 마을입니다. 각종 편의시설
이 모여 있어 이아 마을보다는 덜 예쁘지만 관광객들은 이곳에 숙
소를 정합니다. 피라 마을에는 옛 항구가 근접하여 있습니다. 페
리나 크루즈 선박들이 드나들지요.

　선착장에는 관광객을 실어 나를 케이블카가 기다리고 있습니
다. 도착하자마자 피라 마을까지 400m를 걸어 올라갈 것을 상상
하여 보세요. 피라 마을 첫인상이 높은 산을 등정하느라 고생한

것으로 기억될 것입니다. 그래서 케이블카를 설치하였습니다. 관광객을 실어 나를 케이블카 10여 대가 떼를 지어 서 있습니다. 케이블카가 한 번에 이렇게 몰려 있는 것을 처음 봅니다. 그 옆으로 400m를 걸어 올라가는 계단 길도 보입니다.

피라 마을 곳곳에 당나귀 동상이 있습니다. 예전에는 당나귀들이 사람도 실어 나르고 물자도 실어 나르는 귀한 몸이었다 합니다. 지금은 거의 퇴역들 하고 관광객을 실어 나르는 몇 마리만 현역에 있다 합니다. 동물 학대 같은 느낌이 들어 이용객이 거의 없다 하네요. 당나귀들한테는 희소식입니다.

피라 마을 중심부에 있는 메트로폴리탄 정교회입니다. 주변에 많은 상점과 식당이 늦은 시간까지 영업을 합니다. 주변 식당은 저녁에는 예약이 거의 불가능합니다. 산토리니 최고의 절경인 해떨어지는 광경을 지중해식 식사와 와인을 곁들여 즐기려는 사람들이 몰려들기 때문이지요.

교회 앞에 높은 장대 위에 있는 두 사람의 정체를 알 길이 없습니다. 마치 니스 마세나 광장에 있는 7인의 조형물을 연상하게 합니다.

산토리니 피라 마을을 돌다가 갑자기 골목 끝에서 해변을 향하여 앉아 있는 한 쌍의 젊은이 커플이 눈에 들어옵니다. 정말 휴식다운 휴식을 즐기고 있습니다. 저 여유로움이 부럽습니다. 무슨 얘기를 하고 있을까 궁금도 하지만 일행을 놓치지 않으려고 '빨리 빨리' 셔터를 눌렀습니다. 왔소, 보았소, 찍었소 하고 자리를 뜨는 여행보다 느긋한 개인 여행을 한번 해보고 싶습니다. 바쁜 단체 여행은 스트레스가 쌓이지만 여유 있는 개인 여행은 진정한 힐링이 될 것 같습니다.

산토리니 하면 대표적으로 많이 나오는 그리스 정교회입니다.
유명한 장면이죠. 산토리니를 생각하면 많은 사람들이 이 사진을
떠올릴 것 같습니다. 멀리 이아 마을이 보입니다. 그리고 에게해

의 코발트블루 바다가 들어옵니다. 사진 한 컷으로는 만족할 수
없는 최고의 촬영 명당 자리입니다. 세상에서 가장 아름다운 석양
을 볼 수 있는 곳이기도 합니다.

미코노스 섬과 산토리니 섬의 잊지 못할 추억을 뒤로하고 그리스 본토로 향합니다. 이오니아해와 에게해를 잇는 해상교통의 요지인 코린토스Kórinthos, 즉 고린도는 BC 8세기 전부터 상업의 중심지로 아테네, 스파르타와 함께 고대 그리스 3대 도시 중에 하나였습니다. BC 146년에 로마에 정복당한 후 폐허가 되었습니다. 로마 초대 황제 아우구스투스에 의하여 재건되었으나 지진으로 다시 폐허가 됩니다. 1892년 대대적 유적지 발굴이 시작되어 아크로코린토스Acrocorinthos 산 주변에 대규모 유적지가 발굴되었습니다. 유적지에는 아프로디테 신전과 옥타비아 신전 포함하여 12개의 신전이 있습니다.

뒤에 보이는 산이 아크로코린토스로 해발 575m입니다. 이곳에는 미의 여신 아프로디테 신전이 있었고 1천여 명의 여사제들이 기거하며 매음행위를 하였습니다. '고린도처럼 산다'고 하면 화려하고 방탕함을 상징하는 것으로 도덕적 타락이 심하였습니다. 고린도에서 기독교를 전도하던 사도 바울은 신성모독죄로 유대인들에 의하여 고발을 당합니다. 사도 바울이 재판받던 돌제단이 멀리 보입니다. 극도의 육체적 사랑인 쾌락과 하나님의 영적 사랑

이 마주치는 곳입니다. 베마Bema 유적지 앞의 찻집에 사도 바울의 재판을 담은 그림이 걸려 있었습니다. 방금 촬영한 장면과 너무 같아서 깜짝 놀랐습니다. 이 그림을 보면서 성경은 신화가 아니라 역사라는 것을 다시 한번 절감하였습니다.

바울은 여느 죄수처럼 연단 앞에 있는 돌에 손을 얹고 갈리오 총독의 물음에 답을 하였을 것입니다. 연단 위로 올라가면 바울의 고백이라고 생각되는 성경 구절이 돌판에 새겨져 있습니다.

'우리가 잠시 당하는 고난은 그것 모두를 능가하고도 남을 영원한 영광을 우리에게 이뤄 줄 것입니다.'(고린도 후서 4장 17절)

　사도 바울이 재판받던 베마 근처에 최근에 지은 사도 바울 교
회입니다. 그리스를 여행하다 보면 크게 느끼는 점이 하나 있습니
다. 국민들의 그리스 국기 사랑입니다. 어디를 가도 국기가 여기
저기 펄럭입니다. 우리나라 아파트는 고층이라도 국경일에 태극
기를 게양한 집이 서너 집밖에 되지 않습니다. 태극기를 구입하여
나누어 주고 싶은 심정입니다.

코린토스에서 메테오라를 가다 보면 드라마 〈태양의 후예〉 때문에 널리 알려진 곳이 나옵니다. 그리스의 스위스라 불리는 아라호바 Arachova에 있는 시계종탑입니다. 이제는 관광 명소가 되었지만 이런 곳을 찾아내는 PD들의 눈과 발이 존경스럽습니다. 이곳은 파르나소스 Parnassos 산기슭 해발 970m에 있는 작은 마을입니다. 스키를 타러 파르나소스 산으로 가는 스키어들이 사랑하는 마을입니다.

마을은 전통 건축양식을 보전하고 건물의 통일성과 상징성을 유지하기 위하여 돌만을 사용하여 집을 지었다 합니다. 붉은 지붕들이 마치 스페인을 연상케 합니다. 사이사이 한껏 멋을 부린 가로등이 서 있는데, 불이 켜지면 더욱 동화의 나라로 빠져들 것 같습니다.

아라호바 마을은 골목들이 많습니다. 높은 산에 있는 마을이라 골목들이 경사의 멋이 있습니다. 마침 저녁 장사를 준비하는 노천 카페가 눈에 들어옵니다. 가로수가 이발을 하였는지 멋쟁이 가로수입니다. 저녁 손님을 위해 나무에 조명들이 준비되어 있습니다. 이곳의 전통주인 치푸로Tsipouro에 부드러운 맛과 향기가 인기 만점인 아라호바 마을의 전통 그리스식 치즈 포르마엘라 Formaela를 즐기려는 사람들이 찾겠지요. 저녁 가로등 불 아래 한잔의 와인과 좋은 치즈, 꿈 같은 얘기입니다.

　아침 일찍 메테오라의 호텔 베란다를 나오니 산봉우리에서 갈
라지는 태양빛이 산 밑 마을에 양쪽으로 비추입니다. 평소 잘 보
이지 않던 아침 햇살이 봉우리 사이로 신비하고 부드러운 존재감
을 나타냅니다. 일찍 일어난 방문객의 눈이 번쩍 뜨이는 해 비침
광경입니다. 저 멀리 보이는 봉우리마다 수백 년 역사를 가진 수
도원들이 곳곳에 숨어 있습니다.

메테오라 Meteora 는 '공중에 떠 있는'이라는 뜻으로, 거대한 사암석이 지진과 풍화작용에 의하여 깎여 여러 개의 바위 기둥이 서 있는 듯한 신비로운 지형을 이루고 있습니다. 바위 기둥 꼭대기에 수도원이 들어앉아 있는데 평균 높이 300m, 가장 높은 수도원은 600m가 넘습니다. 1453년 오스만 제국이 비잔틴 제국을 무너뜨리자 그리스 정교회 수도사들이 이를 피해 메테오라 바위 동굴에

은둔생활을 위하여 수도원을 지었습니다. 15세기에는 수도원이 24개나 있었는데 지금은 6개 수도원이 남아 있습니다. 위에 보이는 수도원이 성 니콜라스 아나파우사스Saint Nicholas Anapausas 수도원이고 아래 위치한 수도원이 성 바바라 루사노Saint Barbara Rousanou 수도원입니다. 두 곳의 수도원은 방문하지 못하고 눈으로만 보고 디지털로만 뇌에 저장하였습니다.

1350년경에 지어진 대 메테오라 수도원Great Meteoron
Monastery은 해발 613m 높이의 넓고 높은 바위 위에 세워
졌습니다. 종교박해를 피해 바위에 터를 잡기 시작했습
니다. 600m 높이에 이르는 바위 꼭대기에는 당연히 올
라갈 수 있는 계단이 없었습니다. 밧줄을 타고 올라가
도르래를 만들어 벽돌과 흙을 운반해 일일이 손으로 다
듬고 빚어 수도원을 세웠습니다. 사진 오른쪽 높은 곳에
당시 사용하던 도르래가 오르내리던 발코니 모양의 돌
출 부위가 보입니다. 지금 관람객들이 오르내리는 지그
재그 계단들은 20세기에 만들어진 계단들입니다. 저 계
단을 오르내릴 때 등산하는 것만큼 상당히 숨이 찼습니
다. 지금은 도르래가 철수되어 수도원을 방문하기 위한
유일한 방법은 발밖에 없습니다.

대 메테오라 수도원을 고행길로 잇는 계단이지만 내
려와서 멀리서 본 모습은 대단한 장관이었습니다. 돌로
쌓은 벽과 관람객들의 모습이 잘 어우러져 하나의 작품
을 이룹니다. 터프한 돌의 질감이 오랜 기간 수도를 한
수도사들의 고뇌를 표현하는 것 같습니다. 수도사들이
걸어간 돌계단의 의미를 되새기지 않는다면 단순한 힘
든 등산로에 불과할 것입니다.

대 메테오라 수도원의 내부에는 비잔틴 양식의 문화유적들도 잘 보존되어 있습니다. 특히 16세기에 만들어진 프레스코 양식으로 제작된 성화들이 상태가 좋게 보존되어 있습니다. 좁은 공간의 수도원이지만 수도자들이 자급자족할 수 있는 농기구나 물탱크, 도서관 같은 시설물들을 갖추고 있습니다. 수도원 교회 내부는 사진 촬영이 금지되어 있고, 또 신체 노출도 금하고 있습니다. 그래서 여성 방문객들은 무조건 수도원 입구에서 나누어 주는 치마로 앞을 가려야지만 출입이 허용됩니다. 어느 전시실에 들어가 보니 아마도 포도주를 저장하였던 나무통과 물병으로 사용되었던 대형 병들이 방을 하나 가득 채우고 있었습니다.

　대 메테오라 수도원 등산을 힘겹게 마치고 내려오면 오밀조밀
한 기념품을 파는 노점을 만나게 됩니다. 동전지갑 같은 일상적
기념품 사이에 아주 작아서 앙증스러운 꼬마 자전거가 보입니다.
아무리 작아도 비행기에는 싣기가 쉽지 않으니 그림의 떡입니다.
손자의 얼굴이 아른거리지만 이내 포기를 합니다.

테살로니키Thessaloniki는 BC 315년 마케도니아의 왕 카산드로스 Kasandros가 건설하였습니다. 카산드로스 왕의 처 이름을 따서 붙여진 이름입니다. 테살로니키의 아리스토텔레스 광장에는 아리스토텔레스Aristoteles의 동상이 있습니다. 아리스토텔레스는 그리스 영웅 알렉산드로스 대왕Alexandros The Great의 스승입니다. 테살로니키 태생인 아리스토텔레스는 테살로니키 시민들의 최고의 존경 대상입니다. 매일 밤 아리스토텔레스 광장에서 버스킹 공연을 비롯해 젊은이들의 놀이터에서 펼쳐지는 형이하학적 향연과는 반대로 형이상학적 사고를 하고 있을 외로운 아리스토텔레스가 가엾게 느껴집니다.

테살로니키는 아테네 다음으로 그리스에서 큰 도시입니다. 1918년 프랑스 건축가에 의하여 설계되어 1950년대에 대부분의 건물들이 지어졌습니다. 아리스토텔레스 광장은 특히 저녁부터는 젊음의 광장이 됩니다. 많은 학교들이 들어서 있어서인지 학생들이 넘쳐나는 곳입니다. 아리스토텔레스 대학은 1926년에 설립되었고 2010년 재학생이 8만 명이라서 그리스 최대 대학입니다. 테살로니키는 그 외에도 많은 대학이 있는 그리스의 주요 교육도시입니다. 아리스토텔레스 고향답습니다.

　에게해 바다를 끼고 있는 도시라서 해변을 따라 산책로가 어마무시합니다. 이른 아침 해변길을 찾아 나서니 이미 부지런한 시민이 해변을 따라 조깅을 하고 있습니다. 에게해를 바로 지척에 두고 길고 긴 해변길을 뛰는 것은 이 도시 사람만의 특권인 것 같습니다. 해변길의 특징은 모래사장이 전혀 없으며 해변길이 에게해 바다와 바로 붙어 있는 것입니다. 그래서 간혹 낚시하는 낚시꾼과도 마주칩니다.

테살로니키 해변길을 걷다가 한 사람의 노점상을 만납니다. 바로 옆에 위치한 사람 많은 아리스토텔레스 광장을 피해 이곳을 자리 잡은 이유가 궁금합니다. 파는 물건들이 옛것도 아니고 최신입니다. 미니 자동차, 새장 그리고 멋을 부린 젊은 여인상들입니다.

별로 탐나는 물건들이 아니어서, 그리고 특색이 있는 것도 아니라 찾는 손님들도 별로 없습니다. 주인장은 하루 종일 에게해를 통해 들어오는 선박들을 구경하는 것이 취미인 모양입니다.

테살로니키의 랜드마크인 화이트 타워입니다. 테살로니키가 오스만 제국 황제 무라트 2세에 의하여 점령된 후 탑이 세워집니다. 처음에는 요새로 만들어졌으나 후에는 감옥으로 사용되었습니다. 1890년 한 죄수가 사면의 대가로 탑을 하얀색으로 칠한 후 이 탑의 이름이 화이트 타워로 불리게 되었다고 합니다.

요사이는 각 층마다 테살로니키의 역사와 문화를 전시하는 박물관으로 사용됩니다. 랜드마크답게 많은 방문객이 찾아오나 봅니다. 6층 높이라서 타워 꼭대기에 오르면 테살로니키 도시 전경과 에게해를 한 번에 볼 수 있습니다. 화이트 타워 바로 앞길 한가운데에 이정표가 우뚝 서 있습니다. 여행객들을 다음 갈 길들로 안내를 하여 줍니다.

테살로니키 시내를 걷다 보면 이런 유적들이 있습니다. 일부러 있는 그대로 훼손하지 않고 보존해서 고대 유적지임을 자랑하고 있습니다. 이것이 그리스, 특히 테살로니키의 매력인 것 같아요. 고대 그리스 유적보다는 로마 지배 시대의 유적들이 많다고 합니다. 이런 유적을 도시 중심가 곳곳에 그대로 두면서 개발을 하고 있습니다. 벽돌과 돌에 불과하다고 싹 쓸어 버리고 아무리 멋진 빌딩을 올려도 세상의 수많은 건물 중 하나에 불과합니다.

죽은 유적 앞에 이름도 모를 풀들이 햇빛을 받아 가며 생명을 누립니다. 생명을 잃은 역사의 흔적과 서로 대조를 이룹니다. 이런 길을 걷다 보면 '빨리빨리'라는 말을 잊어먹습니다.

4세기 초 로마 황제 갈레리우스Galerius가 페르시아와의 전쟁에서 승리한 기념으로 테살로니키에 세운 개선문입니다. 개선문은 벽돌로 만든 기둥에 승전의 전투 상황을 묘사한 대리석 부조로 장식해 놓아 전투 상황이 아주 사실적으로 묘사되어 있습니다.

4세기의 건축물과 21세기의 아파트가 공존합니다. 유물을 보호하기 위한 철책도 없습니다. 단지 개선문을 알리는 안내판 하나만 서 있습니다. 천 년이 넘는 나이의 유물인데 손상되면 어쩌지 하는 걱정이 앞섭니다. 괜한 걱정을 뒤로하고 다시 걸음을 재촉합니다.

AD 50년경에 사도 바울은 테살로니키에서 예수님을 전도하고 교회를 세웁니다. 유대인이 아닌 이방인을 위하여 전도사로 부르심을 받게 된 사도 바울이 아시아를 떠나 세계 선교를 위하여 유럽의 관문 마케도니아에 첫발을 디딘 결과입니다. 이후 사도 바울이 이곳의 교회에 편지 두 통을 보내는 것이 데살로니가 전서와 후서입니다.

유네스코 세계문화유산으로 지금까지 남아 있는 가장 오래된 성당 중에 하나인 비잔틴 성당 아기아 소피아Agia Sophia입니다. 이스탄불의 소피아 성당을 따라 만든 것입니다. 성당 내부에서는 기도와 간구와 함께 많은 촛불들에 불을 붙이고 있습니다. 오랜 동안 수많은 애절한 사연과 함께 촛불이 타오릅니다. 아기아 소피아 성당은 각기 다른 사연과 기도들을 간직하고 있습니다. 지나간 인간사는 물론 앞으로도 찾아올 천로역정의 이야기들을 귀 기울이며 감싸 줄 것입니다.

테살로니키 해변의 알렉산드로스 대왕의 기마상입니다. 그의 애마였던 부케팔로스를 타고 곧장 달려갈 것 같은 힘찬 모습에 알렉산드로스 대왕의 기개가 느껴집니다. 마케도니아에서 인도까지 세계를 정복하고 싶어 했던 대왕의 기개가 에게 바다를 향해 펼쳐집니다. 알렉산드로스 대왕의 마케도니아 왕국은 현재 북그리스의 테살로니키 주에 위치하고 있었습니

다. 알렉산드로스 대왕의 아버지, 그리스를 통일한 필리포스 2세는 아들을 위하여 아리스토텔레스를 가정교사로 모셨습니다. 테살로니키는 알렉산드로스 대왕과 아리스토텔레스로 유명한 도시입니다. 방패와 창이 지금도 살아 움직여 한국에서 온 나를 향할 것 같네요.

아테네Athens의 아크로폴리스Acropolis를 오르다 보면 해발 157m
의 파르테논Parthenon 신전이 보이는 지점에 이름 모를 꽃들이 손
님들을 맞이하고 있습니다. 1978년 아크로폴리스 포함 열두 곳이
세계 최초 유네스코 문화유산으로 등재됩니다. 파르테논 신전은
아테네 지역 수호신인 아테나 파르테노스Athena Parthenos, 즉 '처녀
신 아테나'를 기리려고 세워진 신전입니다.

파르테논은 아테네 연합국들의 기부금으로 기원전 447년에
시작하여 431년에 완공됩니다. 도리스 양식으로 지어졌습니다.
1687년 신전 안에 쌓아 둔 화약 더미가 베네치아군의 포격으로

폭발하여 신전과 조각물들이 크게 훼손되었습니다. 1980년대 복원 작업이 추진되어 약 40년이 지난 지금도 복원 작업이 진행되고 있습니다. 짓기도 어렵지만 복원은 더 오랜 세월이 걸립니다. 파괴는 일순간에 일어나 버립니다. 국고를 오랫동안 채워 놓아도 포퓰리즘이 득세를 하면 채워 놓은 국고가 말라 버림은 물론 빠른 시간에 나라가 빚더미에 앉게 됩니다. 찬란한 문명과 세계를 지배하던 그리스가 포퓰리즘 정치로 몸살을 앓고 있습니다.

아크로폴리스 언덕을 오르다 보면 폐허처럼 변한 원형극장을 지나게 됩니다. 세계 최초의 공연장으로 알려진 디오니소스 Dionysos 극장입니다. 아테네의 고대 유적으로 그리스 문화의 핵심적 상징이며 콜로세움을 비롯한 후대의 원형극장들도 모두 디오니소스의 형태를 발전시킨 것입니다. 당시 17,000명을 수용할 수 있는 거대한 건축물이었습니다. 당시 아테네 인구가 15만 명으로 추산되기 때문에 도시 인구의 10분의 1을 수용할 수 있는 어마어마한 크기입니다.

통상 연설자를 무대에서 높게 세우고 관객들은 무대 아래 위치하게 하는데 디오니소스 극장은 그 배치가 정반대입니다. 많은 대학들도 디오니소스와 비슷한 원형극장을 가지고 있습니다. 응원전이나 동아리 공연 그리고 졸업식 등 다양한 용도로 쓰입니다. 학창 시절 제일 많은 추억을 남기는 곳이 대학 캠퍼스 원형극장입니다. 저도 대학 캠퍼스를 찾아갈 때 강의실 건물보다는 원형극장을 자주 찾아 옛 추억을 되살립니다. 더구나 어느 좌석에는 기부한 제 이름이 쓰어 있기도 하기 때문입니다.

디오니소스 극장을 지나 오르다 보면 좀 더 규모가 큰 원형극장을 만나게 됩니다. 헤로데스 아티쿠스 Herodes Atticus 극장입니다. 1955년에 복원되어 실제 공연장으로 쓰이고 있습니다. 무대 뒤쪽 큰 벽은 161년에 세워졌다 하니 수천 년을 아우르는 역사적 건축물입니다. 우리나라 조수미 씨도 이곳 무대에 선 적이 있습니다. 그리스의 대표적 작곡가이자 신디사이저 연주자인 야니가 〈산토리니〉를 공연한 곳이기도 합니다.

미국에서 활동 중이던 야니가 고향인 아테네로 와서 택한 공연장이 헤로데스 아티쿠스 극장입니다. 산토리니를 처음 만나고 느끼는 심장의 박동을 표현하려고 작곡한 것 같습니다. '빠-밤! 빠밤! 빠-밤!' 하는 부분에서는 심장이 요동을 칩니다. 우리나라 공군 블랙이글스의 테마곡이기도 합니다. 1994년 오케스트라로 재

편곡하여 헤로데스 아티쿠스 극장에서 공연한 실황이 유명합니다. 이때 실황 녹음한 〈산토리니〉가 야니를 세계적 음악가의 반열에 오르게 하였습니다. 〈산토리니〉 중반에 나오는 웅장한 '바암밤 바밤!' 하는 연주가 이곳에서 들리는 듯한 착각에 빠집니다.

　사도 바울은 유럽을 위한 전도 여행 중에 드디어 아테네에 입성을 합니다. 말쟁이라는 별명을 가진 사도 바울답게 우선 찾은 곳이 아고라Agora입니다. 여기서 바울은 아크로폴리스를 바라보며 스토아 철학자와 에피쿠로스 철학자들과 논쟁을 합니다. 바울은 아테네 사람들의 종교성을 칭찬합니다. 심지어 '알지 못하는 신'을 위한 제단도 있었는데, '알지 못하는 신'이 바로 천지 창조를 하신 하나님 아버지라고 설파를 합니다. 신은 사람이 손으로 금과 은이나 돌로 만들 수 없는 존재라고 설득합니다.

　이런 바울의 설교를 믿는 사람들이 나타납니다. 기독교인들이 증가함에 따라 5세기에는 디오니소스 신전과 서기 6세기에는 파르테논 신전이 교회로 바뀌는 역사가 일어납니다. 아테네 기독교 역사의 시발점인 아고라를 파르테논 신전에서 내려다봅니다. 사도 바울이 논쟁하였던 역사적 현장이 잘 보존된 것에 무한한 감사를 느낍니다.

아크로폴리스에서 아테네 구시가를 내려다보면 바로 보이는 것이 하드리아누스의 개선문 Hadrian's Gate과 제우스 신전입니다. 하드리아누스 개선문은 로마 황제 하드리아누스가 로마의 아테네 지배를 상징하기 위하여 서기 2세기에 만든 문입니다. 문 안쪽으로 바로 제우스 신전이 그 위용을 자랑합니다. 그리스에서 가장

큰 신전이었으나 고트족의 침입으로 파괴되어 84개의 돌기둥 중 현재는 겨우 15개만 남아 있습니다. 정말 파괴되지 않았다면 코린트 양식의 최대 인류 유산을 감상할 뻔하였습니다.

정말 아테네는 사방 어디를 둘러보아도 보통 수백 년이 아닌 수천 년 되는 유적들이 널려 있는 것을 보게 됩니다. 세계 최고의 관광 대국이 되어 나라 재정의 주 수입원이 관광이 되었습니다. 유적뿐 아니라, 산토리니 같은 천혜의 자연 관광지도 가지고 있습니다. 우리나라도 역사적 유물과 금수강산이라고 부르는 아름다운 자연도 있어 복 받은 나라임에 틀림없습니다. 절대 헬 조선이 아닙니다. 감사를 잊지 맙시다.

아크로폴리스 박물관 입구입니다. 아테네의 파르테논, 에레크테이온 신전 등 여러 신전의 유물들을 모아 놓은 곳입니다. 특히 에레크테이온 신전 여섯 소녀상 기둥 중 영국 대영박물관에 가 있는 하나를 제외한 다섯 개의 소녀상을 전시하고 있습니다. 소녀상을 보려는 분은 반드시 들러야 할 곳입니다.

입구에 관람을 기다리는 여러 나라 관람객들이 보입니다. 휠체어를 탄 할아버지와 손자, 동남아 바틱 차림의 여성들, 그리고 파티복을 입은 여성들, 정말 세계 각국에서 몰려드는 관람객들입니다. 지하에 발굴한 유적들을 투명하게 전시하고 자유로운 관람으로 초청합니다. 서울 종각역 근처 센트로폴리스 빌딩 지하에도 이와 비슷하게 조선시대 지역 건물 유적들을 발굴해서 전시하는 넓은 '공평 도시 유적 전시관'이 있습니다. 한번 구경할 만합니다.

머리에 천장을 받치고 있는 듯한 여인상 기둥을 볼 수 있는 에 레크테이온 Erechtheion 입니다. 진품은 아크로폴리스 박물관에 잘 보관되어 있습니다. 파르테논 신전 기둥만을 보다가 심심하던 차 에 매력적인 건물이 눈에 들어옵니다. 파르테논과 차별화하듯이 이오니아식 기둥이 우아한 여성미를 자랑합니다. 기원전 406년 완성되었습니다. 에레크테이온 신전은 아테나 여신뿐 아니라 바 다의 신 포세이돈에게 헌정된 신전입니다. 여섯 개의 아름다운 여 성 조각상 기둥이 특이합니다.

영국 대영박물관에는 '파르테논 갤러리'에 '엘긴 마블스The Elgin

Marbles'라는 조각작품 전시공간이 있습니다. 19세기 초 영국 외교관 엘긴 백작이 파르테논 신전에서 떼어 간 대리석 조각들을 모아 전시하는 곳입니다. 당시 그리스를 지배하던 오스만튀르크로부터 발굴허가증을 받아 신전의 벽면부조, 기둥조각 등의 대리석 조각들을 영국으로 가져갔습니다. 마치 일제 강점기에 일본 관리들이 조선의 유적들을 일본으로 반출한 것과 같습니다. 영국 하원은 거액을 들여 엘긴으로부터 파르테논 신전의 대리석들을 사들여 대영박물관에 전시실을 만들었습니다. 개인 수장가와 영국 정부의 합작품입니다. 아크로폴리스 유적들은 이런 아픈 과정을 거쳐 돌기둥만 덩그렇게 남아 있습니다.

아테네 시내를 달리는 관광열차 '행복열차 Happy Train '입니다. 칙칙폭폭 소리는 없지만 좁은 돌 포장길을 잘도 달립니다. 잠시 걸음을 멈춘 행인들은 무엇을 생각할까요. 아마도 저 열차를 보면 어릴 적 부모님 손 잡고 타 보았던 열차 생각이 날지도 모르겠습니다. 우리나라 사람이라면 자연농원 놀이열차도 생각이 나겠지요. 무슨 추억이든지 간에 행복열차를 보는 이 순간만은 무조건 행복하여집니다. 붉은 열차는 행복을 싣고 그리고 행복을 주며 하루 종일 아테네 시가를 누빌 것입니다.

여행이란 이런 예기치 못한 곳 그리고 순간에 찰나 찰나 생각하지 못한 인생의 아름다운 추억을 되돌아보게 합니다.

　아테네 벼룩시장 앞 광장입니다. 사 온 음식을 먹는 사람들, 그
냥 앉아서 아픈 다리를 쉬는 노인들, 물건을 팔려는 검은 피부의
이민자들, 쇼핑센터로 들어들 가는 히잡 쓴 여인들. 가운데에는
아테네 길거리에서 흔히 보는 일인용 이동수단이 버리고 간 주인
을 기다립니다. 이때 하늘에서는 새 한 마리가 자기도 끼워 달라
고 창공을 가로질러 날아듭니다. 역시 그리스답게 옛 건물 종탑에
그리스 국기가 펄럭입니다.

　아테네 국립 고고학 박물관National Archaeological Museum의 '아르테미시온의 기수Jockey of Artemision'라는 청동 기마상입니다. 당시 청동 조각은 거의 전쟁 같은 난리 중에 녹아 없어졌다 합니다. 이 작품의 보존 상태가 완벽에 가까운 것은 오래 해저에 묻혀 있었고 재질이 좋아 원형이 잘 보존된 것으로 보입니다. 경마에서 우승 기념으로 제단에 바쳐진 청동상으로 추정됩니다. 1926년 에게해 아르테미시온 만 Cape of Artemission 의 난파선에서 발굴되었습니다.

　제 눈에는 어린 기수가 눈에 띄었습니다. 거의 말안장에 앉지도 않고 서서 힘차게 용기 있게 말을 모는 모습이 인상적이었습니다. 기수가 어린이 같아 보이지만 원래 기수는 작은 사람이 하는 것이라 확신이 서지 않습니다.

노르웨이 오슬로의 비겔란 조각공원 Vigeland Sculpture Park에는 '우는 아이 상'이 있습니다. 공원의 수많은 거대한 조각상 중에서 조그마하지만 표정이 있는 유일한 인물상입니다. 벨기에 브뤼셀을 대표하는 상징물로서 '오줌싸개 동상 Manneken Pis'이 있습니다. 높이 약 60cm의 작은 동상이지만 이 도시의 기념물로 최고의 인기입니다. 아테네 고고학 박물관에서 본 이 자그마하고 오동통한 아기 대리석 조각도 오슬로 비겔란 공원의 우는 아이 조각상이나 브뤼셀의 오줌싸개 동상을 필적할 만한 조각상이라는 생각이 들었습니다. 세계 3대 유명 아기상에 하나를 추가해도 될 만합니다. 나만의 생각이지만 누가 알겠습니까. 후일 진짜 3대 아기상 중에 하나로 인정받을지.

    아테네 국립 고고학 박물관은 선사시대부터 로마제국까지
11,000점의 유물이 전시된 그리스 최대 규모의 박물관입니다. 그
리스 전역에서 발굴된 청동과 대리석 유물 그리고 유리와 황금 장
신구들이 종류별로 전시되어 있습니다. 토기 항아리들도 많은데
유독 아기의 시신을 모신 토관이 눈에 들어옵니다. 너무 작지만
토관 안에서 여러 부장품들이 쏟아져 나옵니다. 아기의 죽음을 슬
퍼하였던 부모의 마음을 보는 것 같아 마음이 아픕니다. 미숙아
치료를 전공하는 의사로서 신생아 집중치료실에서 생후 수 시간
만에 하늘나라로 아기를 떠나보내는 부모의 마음을 다시 한번 생
각하게 합니다.

신타그마 광장Plateia Syntagmatos과 그리스 국회의사당 사이의 벽에 위치한 무명용사의 비석입니다. 이 비석은 그리스왕국이 시작한 그리스-튀르키예 전쟁 패배의 결과로 1923년 새로 세운 것입니다. 튀르키예와의 전쟁 외에도 전쟁에서 전사하거나 행방불명이 된 사람을 추모하기 위하여 만들어졌습니다. 그리스는 6·25 전쟁 참전국으로, 공산주의를 막아 내기 위하여 한국 땅에서 희생된 그리스 병사들을 위하여 추모 벽면에 대한민국 코리아의 이름도 새겨 넣었습니다.

전통복장을 입은 에브조네스라는 의장병들이 매시간 귀여운 털방울이 달린 신발을 신고 독특한 모습으로 교대식을 합니다.

특히 일요일 11시에는 군악대까지 동원한 교대식이 아주 볼 만하다 합니다. 우리는 평일 저녁 교대식을 볼 수 있었습니다.

역광에 의하여 의장병의 총구가 하늘을 향한 것이 선명하게 보입니다. 마치 그리스의 자유민주주의를 지키기 위한 결의 같아 보입니다. 키가 180cm 이상 장신의 한 걸음 한 걸음은 보폭이 어마어마하였습니다. 숙소로 돌아오는 길에 일행들이 의장병 걸음을 흉내 내고 걸었더니 우리가 거꾸로 관광객들의 구경거리가 되고 말았습니다.

아테네 구시가지 가장 번화가, 그것도 국회의사당 앞에 무명용사의 비석 벽을 세우고 매시간 의장병의 교대식을 통하여 무명용사를 기리는 그리스인의 애국심에 경의를 표하였습니다.

그토록 가고 싶었던 산토리니 섬과
고대문명을 함께 경험하는 그리스

우리의 인솔자 박인희 팀장은 국내에 머무는 시간보다 해외 체류가 많은 여행의 명인입니다. 오랜 경험으로 혼자서는 찾아갈 수도 없고 단체여행으로는 경험할 수 없는 독특한 여행지, 숙박시설 그리고 현지의 맛집을 안내합니다. 산토리니와 그리스 본토를 여행하는 계획에 일행은 여전히 아무 이의 없이 모두 따라나섰습니다.

익히 많은 경관을 지상이나 방송으로 보았던 산토리니 섬의 이아 마을 물론 좋았습니다. 그러나 산토리니 섬 방문 전 먼저 들렀던 미코노스 섬이 오히려 기억에 많이 남습니다. 지중해 섬의 자연과 관광지로서의 매력이 곳곳에 숨어 있어 충분하게, 오히려 모자라는 일 박을 즐길 수 있는 숨어 있는 진주 같은 섬입니다. 산토리니 섬이나 미코노스 섬이 모두 자그마한 섬이라서 걸어 다니면서 자유 시간을 가지고 여유롭게 폐 속으로 지중해 공기를 들이마시며 머리를 쉬게 하고 회복시키는 곳입니다. 눈으로 아름다움을, 혀로는 미식을 맛보는 오감이 즐거운 여행길입니다.

　그리스의 수도 아테네의 아크로폴리스, 아리스토텔레스와 알렉산드로스 대왕의 유적이 있는 테살로니키, 산꼭대기에 세상과 절연된 곳에 세워진 수도원들의 메테오라, 유물의 도시 코린토스, 〈태양의 후예〉 촬영지로 유명한 아라호바 등 그리스 본토는 산토리니의 분위기와 전혀 다른 여행지입니다. 이렇게 한 번의 여행으로 힐링과 치유의 관광지와 고대문명을 함께 볼 수 있는 여행지는 별로 많지 않을 것 같습니다.

　높은 산에 위치한 메테오라 산길을 올라가고 있습니다. 갑자기 내리막길로 쏜살같이 내려오던 오토바이와 우리 일행의 렌터카가 충돌이 일어납니다. 오토바이를 몰던 어린 청년이

길 밖으로 나뒹굴어집니다. 우리 차는 경미한 찌그러짐만 있습니다. 어느 사이 동네 사람들이 모이더니 사고를 일으킨 오토바이 운전자를 보내 버립니다. 아마도 미성년자 같았습니다. 잠시 후 경찰이 왔지만 나타난 현지 사람들과 몇 마디 나눈 후 사라져 버립니다.

마을 사람들 중에 대표가 우리와 협상을 합니다. 렌터카는 새 차로 교체해서 호텔로 가져다줄 터이니 메테오라 관광을 계속하랍니다. 찜찜한 마음이지만 하라는 대로 할 수밖에 없었습니다. 메테오라 관광을 마치고 경찰서 가서 잠시 조서를 쓰고 호텔에 오니 새 렌터카가 도착해 있었습니다. 아마도 미성년자 오토바이 운전이 들통날 것 같으니까 운전자 가족들이 발 벗고 나서서 문제를 서둘러 해결한 것 같습니다. 과정을 지켜보면서 아직도 시골 그리스는 법보다는 인맥과 정이 잘 통하는, 서구문명보다는 우리 정서와 비슷한 곳이구나 하는 느낌이 들었습니다.

유럽 여행에서도 느끼지만 그리스 여행을 하면서 더욱 느낀 점이 있습니다. 서구문명의 저변을 형성하는 것이 예수님 역사라는 것을 다시 한번 절감합니다. 단순히 관광도 중요하지만 기독교 역사를 알고 여행하면 더욱 풍부한 여행이 될 것 같습니다. 아테네 아레오바고 광장에서 스토아 철학자들 앞에서 예수를 전하던 사도 바울을 만납니다. 코린토스에서는 총독의 법정 베마 앞에서 갈리오 총독으로부터 무죄 선고를 받고 풀려나는 사도 바울을 만납니다. 역사 'HISTORY'는 예수님의 'His', 이야기 'Story'입니다. 예수님은 신화에 나오는 한 명의 신이 아니라, 역사 속에 실제 살아 계셨던 역사적 인물이십니다.

의과대학 의예과 시절 부친께서 일본 출장에서 캐논 카메라를 사 오셨습니다. 사진에 취미가 많으셔서 나의 초등학교 시절에는 독일제 콘탁스 카메라로 우리 사진을 찍어 주시고, 당신 고등학교 시절에 고향에서 찍은 수많은 사진 흑백필름 원판을 나에게 물려 주신 분입니다. 부전자전이랄까, 캐논 카메라를 들고 의대 사진반 문을 두드렸습니다. 카메라가 그래도 전문가용 정도가 되는지 사진반장께서 나를 동아리 멤버로 넣어 주었습니다. 수업 중이라도 틈만 나면 냄새나는 동물실험실 구석에 있는 암실에서 흑백사진을 직접 인화하였죠. 어떤 때는 캄캄하다 보니 시간 가는 줄도 몰라 통금시간 가까이 작업을 한 적이 비일비재하였습니다.

당시 의대 사진반은 1년에 한 번씩 전시회를 열었습니다. 한 해는 여름방학 무의촌 봉사활동으로 나가서 촬영한 '무의촌 24시',

다른 해는 선배 선생님들의 인턴방에 기거하면서 촬영한 '인턴의 24시' 등의 전시회였습니다. 야외 출사할 시간이 없는 의대 학생 동아리이니 아름다운 살롱 사진이 아닌 남들이 찍을 수 없는 의료 현장 르포 사진으로 전시회를 하였습니다. 학생 동아리 사진 전시회임에도 불구하고 주목을 받아 월간잡지 《신동아》 사진 논평에서 호평을 하여 주셨습니다.

의사의 길이란 것이 사진 찍을 시간을 허락하지 않았지만, 그저 사진이 좋아 어디든지 떠날 때면 사진기를 들고 다녔습니다. 젊은 시절에는 주로 가족사진만 찍었는데, 세월이 갈수록 가족사진이 줄어들고 내가 찍고 싶은 사진을 촬영하는 것으로 바뀌더군요. 최근 10여 년간은 국내외 어디를 가든지 보통 1천 장 내외의 사진을 찍어 왔습니다. 물론 카메라가 필름에서 디지털로 바뀌어서 가능한 일이었습니다.

미국 그랜드 캐니언을 같이 여행하였던 동화약품 윤도준 회장으로부터 연락이 왔습니다. '사진기를 큰 것을 들고 다닌 것을 보니 쓸 만한 사진이 있을 것 같아요. 활명수 광고에 여행사진이 필요하니 한번 참여해 보시지요'라는 말씀이었습니다. 아니, 약 광고에 웬 여행사진이냐고 물으니, 코로나 팬데믹으로 여행을 가지 못하는 사람들 대리만족을 시키기 위한 기획이라고 하였습니다. 이때부터 사진을 고르기 시작하는데 영 자신이 없었지요. 일단

100여 장을 고른 다음 평소 오랫동안 알고 지내던 박기호 사진작가에게 자문을 하였습니다.

박기호 작가는 미국 로드아일랜드 스쿨 오브 디자인을 졸업하고 프리랜서 작가로 삼성 이건희 회장, 노무현 대통령, 이명박 대통령의《타임》지 표지사진을 촬영한 작가입니다. 박 작가와 나의 인연은 20여 년 전 세브란스 병원 기획관리실장 시절 병원 브로슈어를 제작하기 위하여 만났습니다. 내과, 외과, 산부인과, 소아과 등 나열식 구태의연하고 천편일률적인 병원 브로슈어를 만들고 싶지 않았습니다. 그 나물에 그 밥의 브로슈어를 지양하고 싶어 고민하던 시절이었습니다. 기획사가 'SEVERANCE'를 풀어서 S는 'Since'로 역사를, E는 'Everyday'로 병원 일상을, V는 'Value'를, C는 기독교 병원인 세브란스의 주체성인 'Christianity'를, E는 'Eternity'로 병원의 영원한 존속을 나타낸다는 기획안을 제안했습니다. 마지막으로 사진이 문제였지요. 신세대는 많은 글을 싫어합니다. 그래서 읽는 것이 아닌 눈으로 보는 브로슈어를 만들고 싶었습니다. 이때 만난 작가가 박기호 작가였습니다. 우리는 의기투합하여 병원 브로슈어 역사상 전무후무한 사진 중심이며, 내·외·산·소아과가 나열되는 고루한 브로슈어 대신 참신하고 획기적인 병원 사진 브로슈어를 만들어 내었습니다.

박기호 작가가 내가 고른 여행사진을 보더니 '사진 좋은데요' 하지 않겠습니까. 힘을 얻어 동화약품에 사진을 보냈더니 무려

6장이나 채택되어 활명수 신문광고에 쓰였습니다. 이런 연유로 자신이 조금 생겨 2022년 사진 13점을 골라 여행사진 캘린더를 만들어 지인을 비롯한 여러분들에게 선물하였습니다. 어떤 분은 해가 넘어가도 사진이 좋아 캘린더를 보관하겠다는 분도 계시고, 캐나다에서 호텔을 경영하는 사촌동생은 달력 사진을 호텔 로비에 전시하겠다는 연락을 보내왔습니다.

요사이는 전 국민 사진작가 시대입니다. 핸드폰에 장착된 고화질의 렌즈와 포토샵 덕분입니다. 코로나 팬데믹에서 해방된 후 국내외 여행이 일상화되기 시작하였습니다. 손에 들린 핸드폰에서 수많은 여행사진들이 쏟아져 나옵니다. 같은 장소를 촬영하여도 사진이 서로 다릅니다. 보기 좋다는 기준이나 찍고자 하는 목적이 다르기 때문이지요. 나의 사진이 마음에 든다면 '나도 여기 가 보았는데 나는 왜 이런 장면을 못 보았지?' 할 수도 있겠지요. 여행을 계획하는 분들도 나의 사진이 좋다고 생각하시면 '나도 이곳에 가면 이렇게 찍어 보아야지' 하실 수도 있을 것입니다.

이 책에 소개한 유럽 여행 이후에는 코로나 팬데믹으로 여행을 못 하다가, 연령들이 있는 팀이라 먼 곳보다는 가까운 일본으로 여정을 잡았습니다. 일본 3대 온천 중 하나인 게로 온천과 유네스코 세계문화유산인 시라카와고를 겨울에 다녀왔습니다. 유럽과 또 다른 맛의 여행이었습니다. 이번 여행에서 무거운 카메라 대신 새로 구입한 좀 더 가벼운 소니 카메라로 열심히 셔터를 누르고 왔습니다. 언젠가 그곳도 소개하면 좋겠다는 바람을 가져 봅니다.

LA STRADA
길, 라 스트라다

초판 1쇄 발행 2024년 7월 27일

저 자 이철
발행처 예미
발행인 황부현
기 획 박진희
편 집 김정연
디자인 김민정

출판등록 2018년 5월 10일(제2018-000084호)

주소 경기도 고양시 일산서구 강성로 256, B102호
전화 031)917-7279   **팩스** 031)911-5513
전자우편 yemmibooks@naver.com
홈페이지 www.yemmibooks.com

ⓒ 이철, 2024

ISBN 979-11-92907-48-2   03810